中国国家地理·图书
CHINESE NATIONAL GEOGRAPHY

诗经选

张大千插图珍藏版

张大千 绘
周梦烨 注

北京联合出版公司
Beijing United Publishing Co.,Ltd.

目录

国风

周南

召南

邶风

鄘风

卫风

王风

雅

小雅

颂

周颂

鲁颂

国风

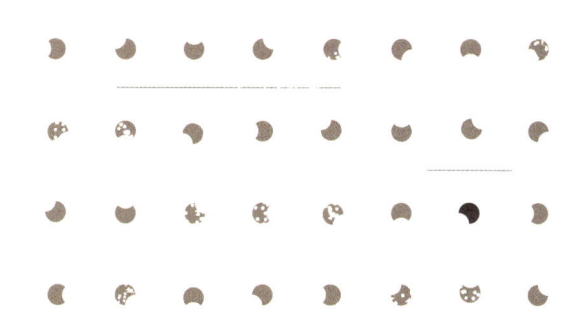

关雎

周南

关关雎鸠，在河之洲。窈窕淑女，君子好逑。

参差荇菜，左右流之。窈窕淑女，寤寐求之。

求之不得，寤寐思服。悠哉悠哉，辗转反侧。

参差荇菜，左右采之。窈窕淑女，琴瑟友之。

参差荇菜，左右芼之。窈窕淑女，钟鼓乐之。

这是一首君子思慕淑女并设法追求的诗。诗中的君子日思夜想、辗转反侧，并以琴瑟、钟鼓来取悦她、亲近她。而《毛传》评价此诗为“后妃之德”，认为诗中君子、淑女当为贵族，此诗是表现夫妇之德的典范。

【注释】

◎关关：象声词，雌雄二鸟相互应和的叫声。◎雎鸠：鸟名。常栖于水边，善于捕鱼，通称鱼鹰。◎洲：水中的小块陆地。◎窈窕：娴静美好的样子。◎淑女：贤良美好的女子。淑，善。◎好（hǎo）逑：好配偶。◎荇（xìng）菜：多年生水生草本植物，叶圆，浮于水面。◎流：同“求”，这里指摘取。◎寤寐：寤，醒来；寐，入睡。“寤寐”通常用来指代日夜。◎服：思念。思、服同义。◎悠：思。◎琴瑟：弹奏琴瑟。琴有五弦或七弦，瑟有二十五弦。后以琴瑟喻夫妇和谐。◎友：动词，指亲近、友爱。◎芼（mào）：择取、采摘。◎钟鼓：敲击钟鼓，泛指音乐。钟、鼓是古代的礼乐器。◎乐：动词，取悦、打动。

巫峡千山暗终南万里春
大千

卷耳

周南

采采卷耳，不盈顷筐。嗟我怀人，寘彼周行。

陟彼崔嵬，我马虺隤。我姑酌彼金罍，维以不永怀。

陟彼高冈，我马玄黄。我姑酌彼兕觥，维以不永伤。

陟彼砠矣，我马瘏矣。我仆痡矣，云何吁矣！

这是一首怀念征人的诗。首章以女子的口吻来写，因为思念而无心采摘；后三章的视角却转换到女子的思念对象——正备受旅途辛劳的征人身上，人疲马困，山高路远，唯有饮酒才能稍解思念困顿之苦。

【注释】

◎采采：采了又采。一说为“茂盛鲜明的样子”。◎卷耳：野菜名。又名苍耳。◎顷筐：斜口浅筐，类似簸箕，容量较小。之所以仍“不盈”，喻无心采摘。◎嗟：叹息。◎怀人：想念的人。◎寘（zhì）：同“置”，放置。◎彼：指示代词，那。此处指顷筐。◎周行（háng）：大道。把筐放在大道上，开始思念。视角转至男主人公。◎陟（zhì）：登上。◎崔嵬：有石头的土山，后来多指山势高而雄伟。◎虺隤（huī tuí）：因疲劳而生病（多用于马）。◎姑：姑且。◎酌：斟酒。◎金罍（léi）：青铜制的酒器。金，青铜。◎维：助词，无实义。◎永怀：长久思念。永，长。◎玄黄：马病貌。◎兕觥（sì gōng）：古代酒器。腹椭圆形，圈足，带盖，盖为带角的兽头形。◎永伤：长久忧思。◎砠（jū）：有土的石山。◎瘏（tú）：病，指马因疲劳而致病。◎痡（pū）：病，指人因病而不能行。◎云何：多么。◎吁（xū）：忧愁。

薄羅初試怯風濤，小樣紅妝着意描。不能非開子美不憐詩，一般妖嬈面倚。

香谷年七十有八寫於雲河小榭

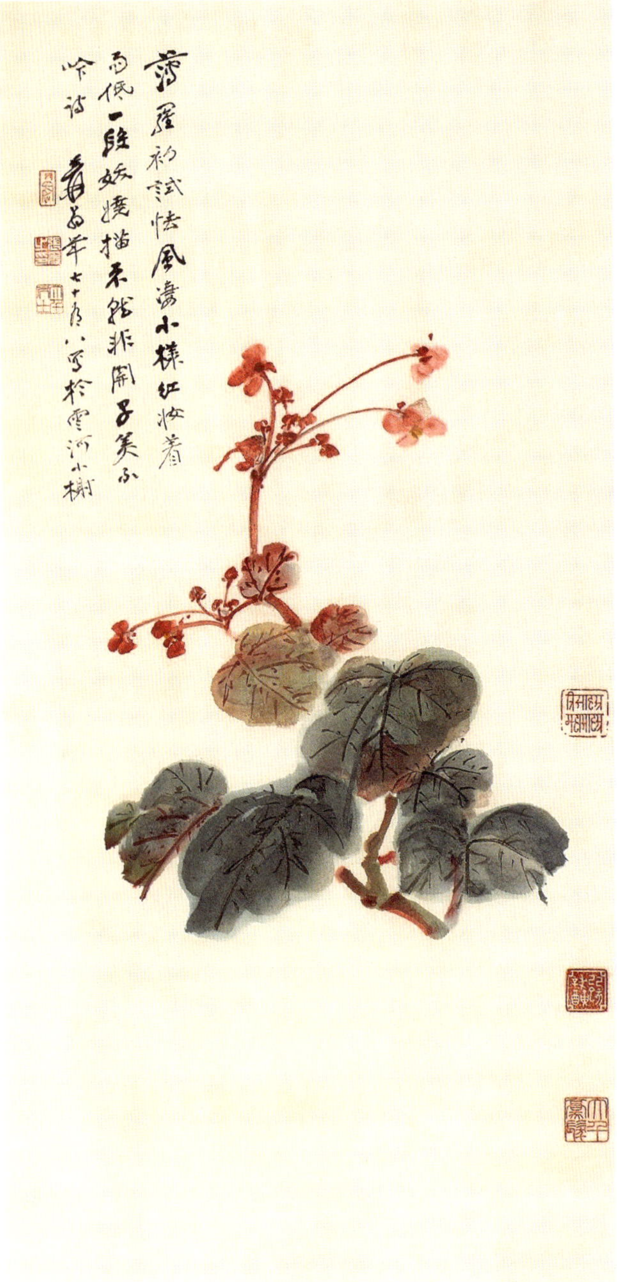

桃夭

周南

桃之夭夭，灼灼其华。之子于归，宜其室家。

桃之夭夭，有蕡其实。之子于归，宜其家室。

桃之夭夭，其叶蓁蓁。之子于归，宜其家人。

这是一首祝贺年轻女子出嫁的诗。诗人以桃花起兴，盛开如火的桃花正如女子青春貌美，正当其时；累累的果实和繁茂的枝叶象征她的家庭和谐、美满、兴盛。

【注释】

◎夭夭：美盛貌。◎灼灼：鲜明貌，形容桃花盛开如火。◎华：同“花”。◎之子：之，指示代词，这；子，泛指人，此处指代出嫁的姑娘。◎于归：出嫁。于，动词词头，无实义；归，出嫁。◎宜：和顺，这里用为动词，指使家庭关系和谐、美满。◎室家：配偶、夫妇。《左传·桓公十八年》：“男有室，女有家。”此处指代家庭。与下章“家室”“家人”同义，是用了互文的修辞手法。◎有：形容词词头，无实义。◎蕡(fén)：果实繁盛硕大的样子。◎实：果实。◎蓁蓁：树叶茂盛的样子。

花開笑口北堂之上百歲千秋果然
護萱可忘憂 辛酉之冬盂
八十三叟爰

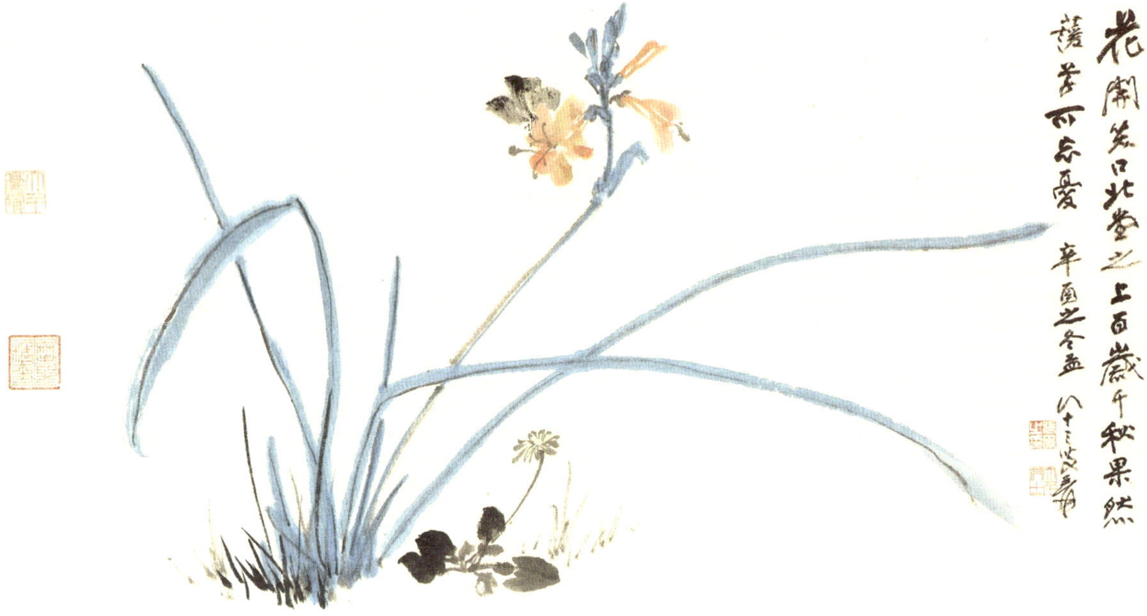

芣苢

周南

采采芣苢，薄言采之。采采芣苢，薄言有之。

采采芣苢，薄言掇之。采采芣苢，薄言捋之。

采采芣苢，薄言袺之。采采芣苢，薄言襭之。

这首诗描绘了女子成群结队采摘芣苢的情状，反映了劳作中的欢愉。采、有、掇、捋、袺、襭，六个动词分别侧重于不同的采摘动作，使整首诗回环往复，却并不单调，有一种简明轻快的情致。

【注释】

◎采采：见 *P005*。◎芣苢（fú yǐ）：草名。即车前草，大叶长穗，又名芣苡、马舄、当道。◎薄言：语助词，无实义。起补充音节的作用。◎有：获取，一说收藏。◎掇（duō）：拾取。◎捋（luō）：采，以手顺物，成把地摘取。◎袺（jié）：用手提起衣襟兜东西。◎襭（xié）：把衣襟插在腰带上兜东西。

楓林之下
大千居士

汉广

周南

南有乔木，不可休思。汉有游女，不可求思。
汉之广矣，不可泳思。江之永矣，不可方思。

翘翘错薪，言刈其楚。之子于归，言秣其马。
汉之广矣，不可泳思。江之永矣，不可方思。

翘翘错薪，言刈其蒌。之子于归，言秣其驹。
汉之广矣，不可泳思。江之永矣，不可方思。

这是一首描写男子恋慕女子却无法如愿以偿的诗。犹如乔木不可止息、江河无法逾越，男子钟爱心上人却求而不得，想象着有朝一日姑娘能嫁给他。他刈草、秣马，为婚礼做准备，但现实仍如汉水之广、江水之永，令人瞻望难及。

【注释】

◎乔木：高大的树木。◎休：休息。◎思：助词，无实义。下同。◎汉：汉水。◎游女：出游的女子。◎江：特指长江。◎永：指江水流长。◎方：木筏，这里指以舟、筏渡水。◎翘翘（qiáo）：高出的样子。◎错：杂乱、交错。◎薪：柴草。◎言：助词，无实义。◎刈（yì）：割取。◎楚：灌木名。即牡荆。◎之子：见 *P007*。◎于归：见 *P007*。◎秣（mò）：喂食。◎蒌：蒌蒿。◎驹：两岁的马，一说五尺以上、六尺以下的马，泛指小马。

草虫

召南

喓喓草虫，趯趯阜螽。未见君子，忧心忡忡。
亦既见止，亦既觏止，我心则降。

陟彼南山，言采其蕨。未见君子，忧心惙惙。
亦既见止，亦既觏止，我心则说。

陟彼南山，言采其薇。未见君子，我心伤悲。
亦既见止，亦既觏止，我心则夷。

这是一首抒发思妇情怀的诗。未能相见时，忧心忡忡，是写实，也是倾诉衷情；终于相会时，欢喜愉悦，是想象，也是自我宽慰。一虚一实，互为对照，更能见其思念之深。以秋春夏的跨度，表现了相思深久。

【注释】

◎草虫：又名草螽，即蝈蝈。◎喓喓（yāo）：虫鸣声。◎趯趯（tì）：跳跃貌。◎阜螽（fù zhōng）：即蚱蜢。◎亦：助词，无实义。◎既：已经。◎止：句末语气助词，无实义；一说为“之”，指示代词，此处指君子。◎觏（gòu）：遇见。◎降（xiáng）：通“夅”，悦服。◎陟（zhì）：见 *P005*。◎彼：见 *P005*。◎南山：即终南山，属秦岭山脉，在今陕西省西安市南。◎言：助词，无实义。◎蕨：野菜名。嫩叶可食，俗称蕨菜。◎惙惙（chuò）：忧郁的样子。◎说（yuè）：喜悦。“悦”的古字。◎薇：野菜名。又称野豌豆。◎夷：平静，平和。

殷其雷

殷其雷，在南山之阳。何斯违斯，莫敢或遑？振振君子，归哉归哉！

殷其雷，在南山之侧。何斯违斯，莫敢遑息？振振君子，归哉归哉！

殷其雷，在南山之下。何斯违斯，莫或遑处？振振君子，归哉归哉！

这是一首女子思夫的诗。雷声隆隆，响彻四周，诗中的君子却仍然在外奔波，不敢有片刻闲暇。女子赞叹丈夫忠于公事、勤勉有为，心中却担忧不已，渴望他尽早归来。这是情与理的矛盾，也是最真挚的情感。

【注释】

◎殷（yǐn）：雷声，震动声。◎南山：见 *P013*。◎阳：山的南面。◎斯：代词，此。前一个“斯”指代君子，后一个“斯”指代地方，意即为何君子离开此地？◎违：离开。◎或：有。◎遑：闲暇。◎振振：信实仁厚貌。◎侧：旁边。一说指北、东、西三面，与上章“南山之阳”的“阳”对应。◎息：休息。◎下：山脚。◎处：居处。

摽有梅

召南

摽有梅，其实七兮。求我庶士，迨其吉兮。

摽有梅，其实三兮。求我庶士，迨其今兮。

摽有梅，顷筐塈之。求我庶士，迨其谓之。

这是一首爱情诗，珍重青春、渴望爱情是诗歌永恒的主题。女子望见成熟的梅子，引发了青春易逝的伤感，于是大胆地鼓励年青男子：树上的梅子只剩下七成了，想追求我的人，就趁着好日子吧！梅子只剩下三成了，想追求我的人，就趁现在吧！梅子已纷纷落地，想追求我的人，快来与我相会吧！

【注释】

◎摽（biào）：落。一说掷、抛。◎有：助词，无实义。◎其实：它的果实。“其”指代梅树。◎七：一说虚指，非实数；一说七成。◎庶士：众士。庶，众多。士，未婚男子。◎迨（dài）：及，趁。◎吉：好日子。◎今：现在。◎顷筐：见 *P005*。◎塈（jì）：通“摡”，取。◎谓：通“会”，聚会。

江有汜

召南

江有汜，之子归，不我以。不我以，其后也悔！
江有渚，之子归，不我与。不我与，其后也处！
江有沱，之子归，不我过。不我过，其啸也歌！

这是一首弃妇哀怨而又自我安慰的诗。江有汜、江有渚、江有沱，是以江水的旁流分支来喻示男子已移情别恋。而女子被抛弃后，预言男子终有一日会为今天的背弃而后悔、痛苦，这是她的坚强，也是她的软弱。

【注释】

◎江：长江。◎汜（sì）：由干流分出而后又汇入干流的河水。◎之子：见*P007*。◎归：女子出嫁。一说此处指返回。◎以：即“与”，参与、一起。不我以，意为不带我一起走。与下章“不我与”同义。◎渚：水中的小块陆地。◎处：忧愁。◎沱：江水支流的统称。◎过：至，到来。不我过，犹言不到我这里来，不来看我。◎其啸也歌：指因后悔而啸歌号哭。啸，撮口呼出声音，以舒愤懑之气。

野有死麕

召南

野有死麕，白茅包之。有女怀春，吉士诱之。

林有朴樕，野有死鹿。白茅纯束，有女如玉。

舒而脱脱兮！无感我帨兮！无使尨也吠！

这是一首描写男女两情相悦的爱情诗。男子将猎来的獐子、小鹿用洁白的茅草包裹起来，作为礼物送给心爱的姑娘；姑娘的口吻亦喜亦嗔，请他不要冒失，不要触动自己的佩巾，也不要惹得犬吠人知。

【注释】

◎麕（jūn）：獐子。◎白茅：植物名。花穗上有白色柔毛，古代常用以包裹祭品。◎怀春：女子思慕异性。◎吉士：男子之美称。◎朴樕（sù）：丛木、小树。◎纯（tún）束：缠束、包裹。纯，包，捆扎。◎如玉：喻女子德行坚贞。◎舒：舒缓。◎脱脱（tuì）：动作文雅舒缓。◎感（hàn）：通“撼”，动，摇动。◎帨（shuì）：佩巾，围腰，系在女子腰前。◎尨（máng）：多毛而凶猛的狗。

柏舟

邶风

汎彼柏舟，亦汎其流。耿耿不寐，如有隐忧。微我无酒，以敖以游。

我心匪鉴，不可以茹。亦有兄弟，不可以据。薄言往愬，逢彼之怒。

我心匪石，不可转也。我心匪席，不可卷也。威仪棣棣，不可选也。

忧心悄悄，愠于群小。觏闵既多，受侮不少。静言思之，寤辟有摽。

日居月诸，胡迭而微？心之忧矣，如匪浣衣。静言思之，不能奋飞。

这是一首委婉幽抑的抒情诗。女子自伤不遇，无以消愁，既无兄弟可以依靠，又见侮于群小。但反躬自省，却仍坚定地认为我心匪石、我心匪席，他人不可夺我之志，只恨自己不能如鸟奋飞。一说此诗感慨小人在侧，仁人不遇。

【注释】

◎柏舟：用柏木做的船。◎汎：漂浮。◎耿耿：忧虑不安貌。◎隐忧：忧伤。隐，通“慇”，亦忧伤之义。◎微：非，不是。◎敖、游：均谓遨游、游玩。◎鉴：铜镜。◎茹：容纳。此句意为我的心并不是镜子，不是谁都可以容纳。◎据：依靠。◎薄言：见 *P009*。◎往：去。◎愬（sù）：同“诉”，诉说。◎转：翻转。◎棣棣（dì）：雍容娴雅貌。◎选：通“算”，数。此句意即君子有俨然之威、俯仰之仪，其容状不可具数。◎悄悄（qiǎo）：忧伤貌。◎愠：怨恨。◎群小：众小人。◎觏：见 *P013*。◎闵：忧患。◎静言思之：静下心来想一想。一说静本义为审，“静言思之”，即审思之义。◎寤：见 *P003*。◎辟（pǐ）：通“擗”，捶胸。◎摽：捶胸。◎居、诸：均为助词，无实义。◎胡：为何。◎迭：更迭。◎微：晦暗，此处指日月亏损不明。◎浣（huàn）：洗涤。◎奋飞：振翅高飞，喻奋发振作，有所作为。

绿衣

邶风

绿兮衣兮，绿衣黄里。心之忧矣，曷维其已！

绿兮衣兮，绿衣黄裳。心之忧矣，曷维其亡！

绿兮丝兮，女所治兮。我思古人，俾无訧兮！

絺兮绤兮，凄其以风。我思古人，实获我心！

这是一首悼亡诗。诗人面对亡妻所制的衣裳，睹物思人，无法释怀。一说为春秋时卫庄姜伤己之诗，古人以黄为正色、绿为间色，而诗中以间色为衣、黄色为里，喻尊卑倒置，故以“绿衣”为正室失位的典故，此义今所不取。

【注释】

◎里：衣服的衬里。◎曷（hé）：何，怎么。◎维：语气助词，无实义。◎已：止息，停止。◎裳：下衣，下身所穿的衣裙。◎亡：通“忘”，忘记。◎女（rǔ）：同“汝”，你。◎治：作，这里指纺织。◎古人：先人，亡故之人，此处指亡妻。◎俾（bǐ）：使。◎訧（yóu）：同“尤”，过失，罪过。“俾无訧兮”，意为（亡妻）使我不犯错误。◎絺（chī）：细葛布。◎绤（xì）：粗葛布。絺、绤都是用来制作夏衣的。◎凄其：寒凉貌。其，助词，起衬音的作用。◎以：助词，无实义。◎获：得。“实获我心”，意为（亡妻）实在能揣度、体贴我的心思。

重溪叠嶂

燕燕

邶风

燕燕于飞，差池其羽。之子于归，远送于野。瞻望弗及，泣涕如雨！

燕燕于飞，颉之颃之。之子于归，远于将之。瞻望弗及，伫立以泣！

燕燕于飞，下上其音。之子于归，远送于南。瞻望弗及，实劳我心！

仲氏任只，其心塞渊。终温且惠，淑慎其身。先君之思，以勖寡人！

这是一首关于送别的抒情诗，被王士禛《带经堂诗话》誉为“万古送别之祖”。至于送别的对象，历来众说纷纭，我们姑且认为这是卫国国君送妹妹出嫁的诗。燕燕于飞，本是乐景，此处却以乐景写哀情。前三章渲染依依惜别之情，最后一章赞美妹妹的德行，临别前仍然不忘勉励兄长以先君为念。

【注释】

◎燕燕：即燕子。◎于：助词，无实义。◎差池（cī chí）：参差不齐貌；一说形容燕子张舒其尾翼。◎之子：这里指卫国国君的妹妹。◎于归：见 *P007*。◎颉（xié）、颃（háng）：谓鸟飞上下貌。颉，指鸟下飞；颃，指鸟上飞。◎将（jiāng）：送行。◎下上其音：言鸟声高低不齐，与上章“颉之颃之”相应。◎劳：使忧伤、愁苦。◎仲氏：兄弟姐妹中排行第二称为仲，此处仲氏指二妹，即送行的对象。◎任：诚笃可信。◎只：语气助词，无实义。◎塞渊：笃厚诚实。塞，诚实；渊，深厚。◎终：既。◎温：温和。◎淑慎：和善谨慎。◎先君：已故的国君，此指卫庄公。◎勖（xù）：勉励。◎寡人：古代国君的谦称，此处即此诗的作者。

击鼓

邶风

击鼓其镗，踊跃用兵。土国城漕，我独南行。

从孙子仲，平陈与宋。不我以归，忧心有忡。

爰居爰处？爰丧其马？于以求之？于林之下。

死生契阔，与子成说。执子之手，与子偕老。

于嗟阔兮，不我活兮。于嗟洵兮，不我信兮。

这是一首戍卒思归而不得的诗。诗的背景，一说是卫州吁联合陈、宋、蔡三国伐郑；一说是卫穆公时，宋国伐陈，卫国救陈之事。前三章描述了征人久戍不归的境况，后两章是追忆与妻子相期偕老却又无法实现的诺言。

【注释】

◎镗（tāng）：击鼓声。◎用兵：即治兵，操练军队。兵，武器。◎土国城漕：指垒土砌墙、修筑城池。土，垒土；国，泛指城邑；城，修城；漕，卫国城邑，在今河南省滑县境内。◎孙子仲：即公孙文仲，字子仲，卫国将领。◎平：和，指调停两国纠纷，谓调和陈、宋关系。◎不我以归：即“不以我归”。以，与。◎有忡：忧虑不安的样子。有，助词。◎爰（yuán）：哪里。◎丧：丧失，此处指（马）跑失。◎于以：于何。◎契阔：聚散离合。契，合；阔，离。“死生契阔”犹言“生死离合”。◎子：此处指士卒的妻子。◎成说：即“成言”，约定，结誓；一说“成相互悦爱之恩”，说（yuè），欢悦。◎于嗟：叹词，表示悲叹。◎活：通“佸”（huó），相聚。“不我活兮”，即不与我相会。◎洵：远。◎信：谓诚实不欺，能践行诺言；一说“伸”之古字，“不我信”，即志不得伸。

雄雉

邶风

雄雉于飞，泄泄其羽。我之怀矣，自诒伊阻。

雄雉于飞，下上其音。展矣君子，实劳我心。

瞻彼日月，悠悠我思。道之云远，曷云能来？

百尔君子，不知德行。不忮不求，何用不臧？

这是一首怀念远人的诗。先以雄雉起兴，抒发思念、忧伤之情；再言丈夫久无归期，道路悠长难以相会；最后却话锋一转，希望丈夫不忌恨，不贪求，善能周全。

【注释】

◎雉（zhì）：野鸡，雄者有冠，长尾，身有文采。◎泄泄（yì）：鼓翅飞翔的样子；一说形容飞行之缓。◎怀：思念。◎自诒（yí）：自取、自找。诒，遗留。◎伊：指示代词，这。◎阻：艰难，苦难。◎下上其音：见 *P029*。◎展：诚然，确实。◎君子：此处指丈夫，即思念的对象。◎劳：见 *P029*。◎云：助词，无实义。◎曷：见 *P027*。◎百尔君子：你们这些君子。百，一切，所有；尔，你们；君子，此处指在位的、有官职的人。◎德行：品德和行为。◎不忮（zhì）不求：忮，忌恨；求，贪求。“不忮不求”是相对成文，不忮，言不怨怒于人；不求，言不谄求于人。◎何用：为何。◎不臧（zāng）：不善，不好。

巨然倣關仝西嶺春雲圖
乙酉五月
大風堂下
蜀郡張爰

式微

邶风

式微，式微，胡不归？微君之故，胡为乎中露！

式微，式微，胡不归？微君之躬，胡为乎泥中！

这首诗是苦于劳役的人们发出的怨词。若不是为了君王，又怎会夙夜忙碌、不得归返呢？

【注释】

◎式微：式，助词；微，（日光）衰微，天色已暗。◎胡：见 *P025*。◎微君之故：犹言“若不是为了君王的事”。微，非；故，事，一说“故”取灾祸之义，如《周礼·天官·宫正》“国有故”，则“微君之故”意即“若非君王有难”。◎胡为：何为，为什么。◎乎：介词，在。◎中露：即“露中”，倒文以协韵；一说“中露”为卫国城邑之名。◎躬：身体；一说通“穷”，表示（君王）身处窘困之境，与上章“微君之故”的“故”取灾祸之义相对应。◎泥中：泥浆之中；一说“泥中”为卫国城邑之名。

千山渴雨秋林槁黄小舍成暮色弘强师丑一叶石溪渺渺泛潇湘蓑衣草笠翁日夕歌声中煙石并题

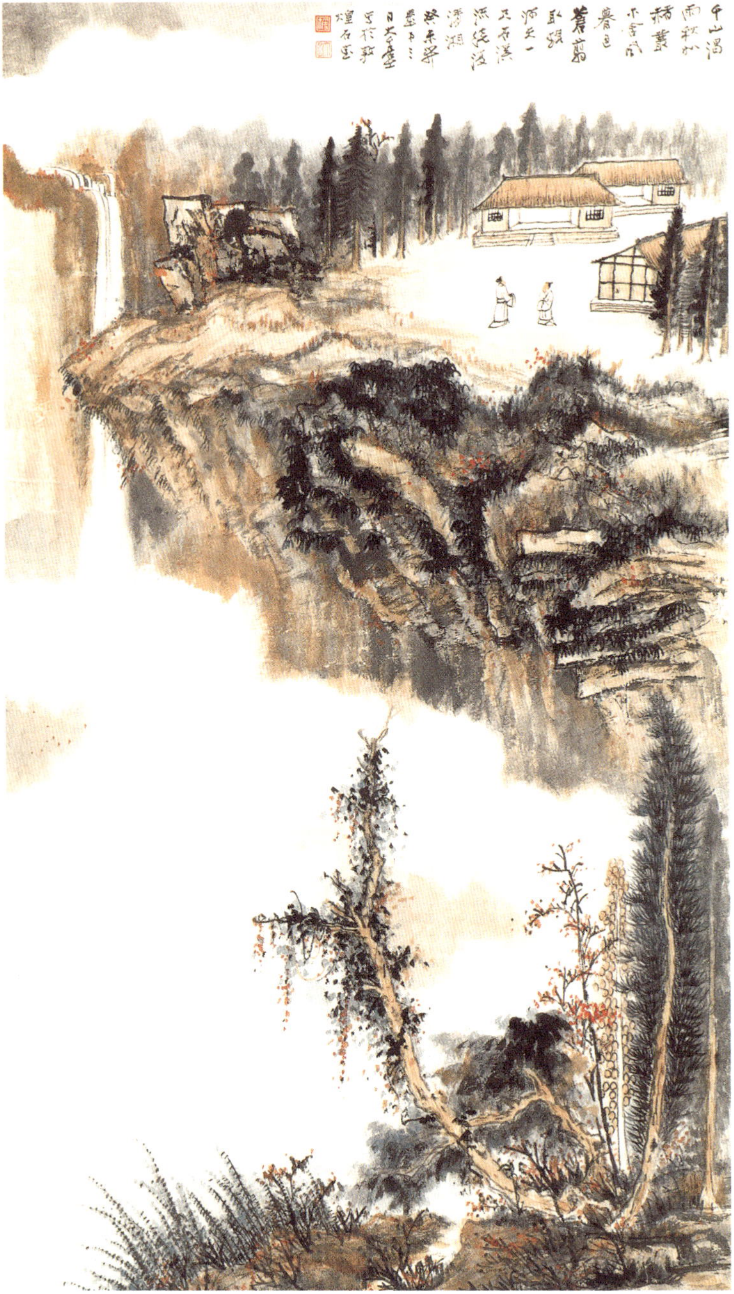

简兮

邶风

简兮简兮，方将万舞。日之方中，在前上处。

硕人俣俣，公庭万舞。有力如虎，执辔如组。

左手执籥，右手秉翟。赫如渥赭，公言锡爵。

山有榛，隰有苓。云谁之思？西方美人。彼美人兮，西方之人兮。

这是一首抒发爱慕之情的诗。女子观看万舞，对舞者倾心不已。旧说是讽刺卫君不能任贤授能，而使贤者居于伶官的诗。

【注释】

◎简：鼓声；一说武勇之貌。◎方将：将要。◎万舞：古代的舞名，用于祭祀宗庙、山川。先是武舞，舞者手持兵器；后是文舞，舞者手执羽毛、乐器。◎方中：正中。◎在前上处：指舞者位于队伍的最前列。◎硕人：身形颀长的人。此处指贤德之人。◎俣俣（yǔ）：魁伟貌。◎公庭：宗庙的厅堂或者朝堂。◎辔（pèi）：驭马的缰绳。◎组：丝织的宽带子。◎籥（yuè）：古代管乐器。有吹籥、舞籥两种。吹籥类似三孔笛；舞籥长而六孔，可手持作为舞具。◎秉：持。◎翟（dí）：野鸡的尾羽。◎赫：红色。◎渥赭（wò zhě）：形容面色红而有光泽，如厚厚地敷上丹赭。渥，浓厚；赭，赤红如赭石的颜料，古人用以涂面。◎锡（cì）爵：赐酒。锡，同“赐”；爵，酒器。◎榛：树木名，落叶灌木或小乔木，果实即榛子。◎隰（xí）：低湿的地方。◎苓：药草名，即今甘草；一说地黄。◎云谁之思：思念的是谁？◎西方：此处指西周朝廷。◎美人：此处指舞者。

静女

邶风

静女其姝，俟我于城隅。爱而不见，搔首踟蹰。
静女其娈，贻我彤管。彤管有炜，说怿女美。
自牧归荑，洵美且异。匪女之为美，美人之贻。

这是一首关于男女约会的爱情诗。女子美丽而俏皮，在约会时故意躲起来，捉弄心上人；男子痴情一片，因爱屋及乌而格外珍重女子所赠的礼物。读起来自然生动、情意缠绵。

【注释】

◎静女：贞静娴雅的女子。◎姝：美好。◎俟（sì）：等候。◎城隅：城角隐蔽之处，一说指城墙上的角楼。◎爱而不见（xiàn）：指女子赴约时躲藏起来，有意让心上人着急。爱，薆的假借字，隐藏、遮掩；见，出现，“现”之古字。◎踟蹰（chí chú）：徘徊不已的样子。◎娈（luán）：美好。◎贻：赠送。◎彤管：不详何物。一说是红色管状的初生的草，与下章“荑”相类；一说是红色的笔管。彤，红色。◎炜（wěi）：红而有光泽。◎说（yuè）：同“悦”，喜悦。◎怿（yì）：喜悦。◎女：见 *P027*。此处指彤管。◎牧：郊外。◎归（kuì）：通“馈”，赠送。◎荑（tí）：初生的茅草。◎洵：实在，确实。◎异：与众不同。

二子乘舟

邶风

二子乘舟，汎汎其景。愿言思子，中心养养。

二子乘舟，汎汎其逝。愿言思子，不瑕有害？

据传，“二子”指卫宣公的两个儿子伋、寿，他们因兄弟情谊而争相赴死，国人感伤而赋诗。但今天不妨理解为是一首送别诗，两位年轻人乘舟远行，送行者骋目望远，为之担忧，为之祈告。

【注释】

◎汎汎：见 *P025*。◎景：通“憬”，远行貌。◎愿：思念。◎言：助词。◎中心：即心中。◎养养（yàng）：忧愁不安貌。“养”通“恙”，忧虑。◎不瑕：即“不无”，疑问之词。“瑕”训为“胡”，即“无”之义。

舟搖〻以輕颺風飄〻而吹衣
蜀人張大千

柏舟

鄘风

汎彼柏舟，在彼中河。髧彼两髦，实维我仪。之死矢靡它。
母也天只，不谅人只！
汎彼柏舟，在彼河侧。髧彼两髦，实维我特。之死矢靡慝。
母也天只，不谅人只！

这是一位少女坚持婚姻自由而与家庭抗争的诗。“柏舟”作为《诗经·鄘风》的篇名，后用来形容丧夫或夫死而矢志不嫁。

【注释】

◎柏舟：见 P025。◎中河：河中。◎髧（dàn）：头发下垂的样子。◎两髦（máo）：指男子未成年时头发披垂，与眉毛平齐，分向两边。◎维：乃，是。◎仪：配偶。◎之死矢靡它：意即“发誓到死也没有二心”。之，到；矢，“誓”的古字，发誓；靡，没有；它，外心。◎母也天只：犹言“母亲啊！天啊！”。只，语气词，表示感叹。◎谅：体谅，体察。◎人：此处指自己。◎特：配偶。◎慝（tè）：通“忒”，更改，变动。此处为变心。

典午山河已算灰先生歸去目猶嫌邊寄處小草連天長剛剩黃花一兩枝　大千居士

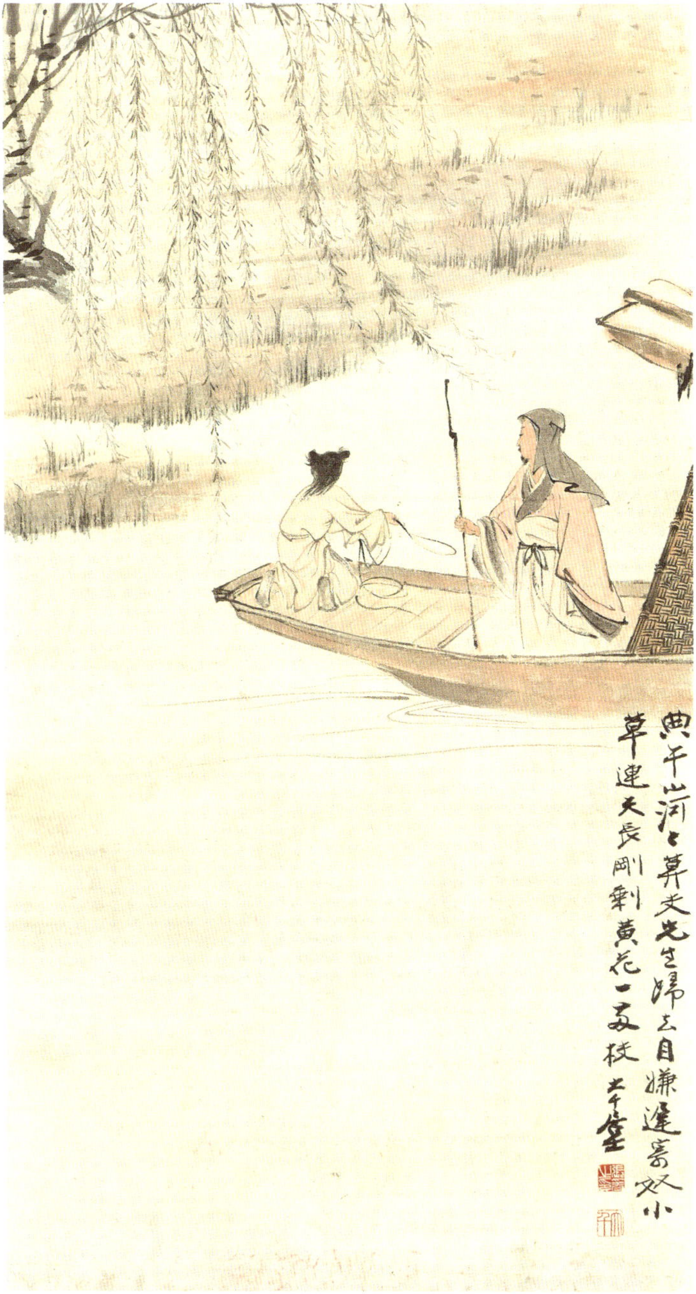

桑中

鄘风

爰采唐矣？沬之乡矣。云谁之思？美孟姜矣。
期我乎桑中，要我乎上宫，送我乎淇之上矣。
爰采麦矣？沬之北矣。云谁之思？美孟弋矣。
期我乎桑中，要我乎上宫，送我乎淇之上矣。
爰采葑矣？沬之东矣。云谁之思？美孟庸矣。
期我乎桑中，要我乎上宫，送我乎淇之上矣。

这是一首以男子的口吻描写男女约会的诗。美丽的姑娘约我在桑中见面，邀我在上宫相会，离别时又将我送到淇水之畔。

【注释】

◎桑中：卫国地名，在今河南省滑县东北；一说指桑树林中。◎爰：哪里。◎唐：草名，即女萝、菟丝子，寄生蔓草。◎沬（mèi）：春秋时卫国邑名，在今河南省淇县南。◎乡：郊外。◎云谁之思：思念的是谁？云，句首语助词，无实义。◎孟姜：姜家的长女。孟，兄弟姐妹中排行居长。姜，姓氏，这里是以贵族的姓氏代表美人，并非实指。下文中姜、弋、庸，皆贵族姓。◎期：邀约，约定。◎要（yāo）：邀约。◎上宫：卫国地名；一说指楼宇或宫室。◎淇：水名，在今河南省浚县东北。◎葑（fēng）：芜菁，又名蔓菁，俗称大头菜。

考槃

考槃在涧，硕人之宽。独寐寤言，永矢弗谖。

考槃在阿，硕人之薖。独寐寤歌，永矢弗过。

考槃在陆，硕人之轴。独寐寤宿，永矢弗告。

这是一首描写隐居生活的诗。贤者隐居山林，独自起居，矢志不忘此间的快乐，永不过问世间之事，永不将此快乐告于他人。

【注释】

◎考槃：叩击木盆，犹鼓盆拊缶而为乐。考，扣；槃，一种木制器皿。“考槃”谓避世隐居，自得其乐。一说考，筑成，建成；槃，架木为屋。◎涧：山间的水沟。◎硕人：见 *P039*。◎宽：指心胸宽广。◎独寐寤言：指独睡、独醒、独言。◎矢：见 *P045*。◎谖（xuān）：忘记。◎阿：山的曲隅。◎薖（kē）：宽大貌。◎过：过从、交往，“永矢弗过”谓永不过问世事。◎陆：高平之地；一说土丘。◎轴：本义是车轴，引申为循环往复，盘桓貌，或说美好的样子。◎告：告诉，告语。

芄兰

芄兰之支，童子佩觿。虽则佩觿，能不我知。容兮遂兮，垂带悸兮。

芄兰之叶，童子佩韘。虽则佩韘，能不我甲。容兮遂兮，垂带悸兮。

这是女子戏谑和抱怨恋人的诗。芄兰锥形的荚实和卷曲的叶子形似成年男子所佩的觿、韘，故以此起兴。但即使恋人已佩觿、韘，在女子眼中也仍是“顽童”。她所气恼和嗔怒的是这个顽童忽然对她冷淡起来。

【注释】

◎芄（wán）兰：兰草名，一名萝藦，多年生蔓草。夏开白花，有紫红色斑点。◎支：同“枝”，枝条。◎童子：未成年的男子。◎觿（xī）：用兽骨制成的解结用具，形如锥，也可为装饰品。本为成人佩饰，童子佩戴，是成人的象征。◎能：而、却，表示转折。◎不我知：即“不知我”，意为不了解我。知，了解。◎容、遂：均谓舒缓悠闲之貌。◎悸：本义是心动，这里形容衣带下垂貌；一说指衣带摆动而有节度的样子。◎韘（shè）：射箭用具，用玉或兽骨制成，套在右手拇指上用于钩弦，也称玦，俗称扳指。◎不我甲（xiá）：即“不甲我”。甲，通“狎”，亲近。

御竹黃と湖
水清々湯昇か
冬陽に
白鷺識風景樣
廣良手
狂似眠
雨きさ
不驚
決金黑玉
華池月
　大年

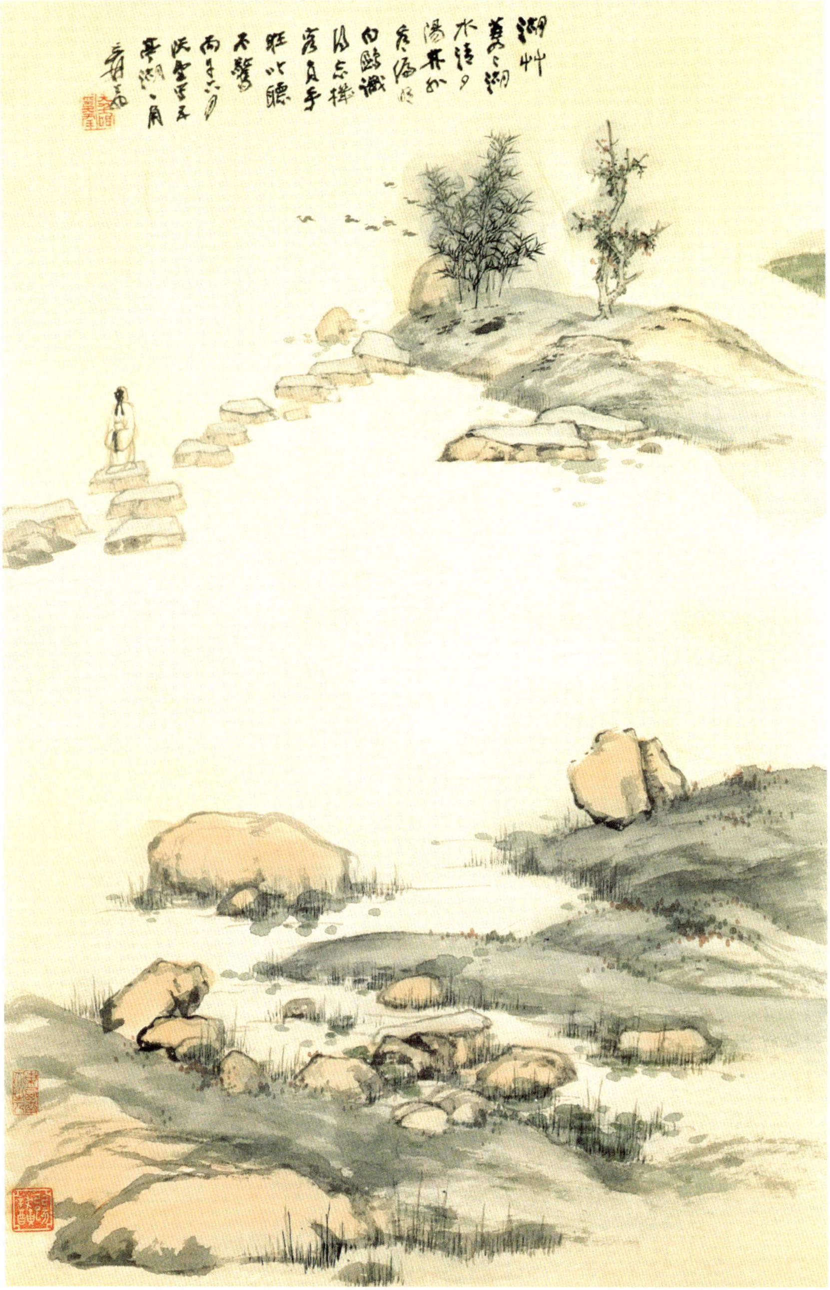

河广

卫风

谁谓河广？一苇杭之。谁谓宋远？跂予望之。
谁谓河广？曾不容刀。谁谓宋远？曾不崇朝。

这是一首旅人思归而不得的诗。客居卫国的宋人渴望回归父母之邦，当时的卫国都城朝歌与宋国仅隔一条黄河。诗中极言黄河不广、宋国不远，而自己回乡却遥遥无期。

【注释】

◎河：黄河。◎苇：用芦苇编的筏子。◎杭：同“斻”（航），渡。◎宋：宋国。◎跂（qǐ）：踮起脚跟。◎予：我。◎曾：乃，竟，可是。◎刀：通“舠”（dāo），小船。“曾不容刀”，意为黄河狭窄得竟容不下一条小船。◎崇朝（zhāo）：即“终朝”，自旦至食时，犹言一个早晨，形容时间之短。

此大千居士為景卿先生所作之秋山圖也
筆意在董巨之間居士晚年所少有者
蓋景卿曾以細筆請居士素重愛好之篤
欣然應之惜彼時作時輟未及點染遂歸
道山居士藝事繼往開來百年來一人
此絕筆彌足珍貴景卿其永寶之
癸亥孟夏 臺靜農識於龍坡丈室
張群敬觀之餘
景仰無已

伯兮

卫风

伯兮朅兮，邦之桀兮。伯也执殳，为王前驱。

自伯之东，首如飞蓬。岂无膏沐，谁适为容？

其雨其雨，杲杲出日。愿言思伯，甘心首疾。

焉得谖草？言树之背。愿言思伯，使我心痗。

这是一位女子思念远征的丈夫的诗。女子赞美丈夫高大英武，是国之栋梁，自丈夫出征后，她终日蓬头垢面，无心梳洗，因为忧思至极而头痛、心痛。

【注释】

◎伯：兄弟姐妹中年长者称伯，此处指丈夫。◎朅（qiè）：武壮貌。◎邦：古代诸侯的封国，泛指国家。◎桀：同“傑”，才能出众的人。◎殳（shū）：杖、梃之类的兵器。◎前驱：前导、先锋。◎之：动词，往。◎飞蓬：蓬草枯萎后常在近根处折断，随风飞旋。“首如飞蓬”形容无心梳洗、蓬头垢面。◎膏沐：古代女子润发、洗沐之物；一说膏指润发的油脂，沐指洗头的米汁。◎适：喜悦。“谁适为容”犹言“修饰容貌又是为了取悦谁呢”。◎其雨：期待、希望下雨。其，助词，表示希望的语气。◎杲杲（gǎo）：明亮貌。◎愿言：念念不忘貌。◎甘心首疾：心痛、头痛，谓思念忧苦至极。甘心，痛心；首疾，头痛。◎谖（xuān）草：即萱草、忘忧草，俗称黄花菜。谖，忘记。◎背：北，这里指北堂。◎痗（mèi）：忧思成病。

野寺逶迤曲径通
八十二叟爰

有狐

卫风

有狐绥绥，在彼淇梁。心之忧矣，之子无裳。

有狐绥绥，在彼淇厉。心之忧矣，之子无带。

有狐绥绥，在彼淇侧。心之忧矣，之子无服。

这是一首女子思念远行的丈夫，并忧心他无衣无裳的诗。亦有人把此诗解为寡妇有心求偶之情。

【注释】

◎绥绥：舒行貌。◎淇：见*P047*。◎梁：河梁。河中垒石而成，可以过人，可用于拦鱼。◎之子：此处指女子的丈夫或思恋对象。◎裳：见*P027*。◎厉：河水深及腰部，可以涉过之处；一说“厉”通“濑”，指水边有沙石的浅滩。◎带：衣带。◎侧：水边。◎服：衣服。

今川女士清賞
蜀郡張季爰

木瓜

卫风

投我以木瓜，报之以琼琚。匪报也，永以为好也。

投我以木桃，报之以琼瑶。匪报也，永以为好也。

投我以木李，报之以琼玖。匪报也，永以为好也。

这是一首描写男女两情相悦、互赠定情信物的诗。用美玉回报木瓜、木桃、木李，不可谓不重；但难得之处正在于“匪报也”，只为了表达爱慕之情，与你永结情好。

【注释】

◎投：掷，此处指赠送。◎木瓜：落叶灌木或小乔木，蔷薇科，果实长椭圆形，色黄而香。◎琼琚（jū）：泛指美玉。与下章“琼瑶”“琼玖”同义。琼，玉之美者；琚，佩玉名。◎好：交好，友爱。◎木桃：果名，即楂子，小于木瓜，味酸涩。◎木李：果名，即榠楂，又名木梨。◎玖（jiǔ）：似玉的浅黑色石头，古代常用作配饰。

黍离

王风

彼黍离离，彼稷之苗。行迈靡靡，中心摇摇。
知我者，谓我心忧；不知我者，谓我何求。悠悠苍天，此何人哉！
彼黍离离，彼稷之穗。行迈靡靡，中心如醉。
知我者，谓我心忧；不知我者，谓我何求。悠悠苍天，此何人哉！
彼黍离离，彼稷之实。行迈靡靡，中心如噎。
知我者，谓我心忧；不知我者，谓我何求。悠悠苍天，此何人哉！

根据旧说，东周大夫行役时经过西周的宗庙宫室，见昔日盛景尽为禾黍，彷徨不忍离去，而作此诗。“黍离”后来成为凭吊故国触景生情的典故，但今天也可以理解为抒写流浪者找不到出路的彷徨与忧伤。

【注释】

◎黍：黍子，一种粮食作物，煮熟后有黏性。◎离离：果实累累下垂的样子。◎稷：一种粮食作物，即粟。一说为高粱的别名。◎行迈：行走。“行”“迈”均为行走之义，相较而言，“迈”偏重远行。◎靡靡：迟缓的样子。◎中心：见 *P043*。◎摇摇：心神不定的样子。◎悠悠：遥远的样子。◎中心如醉：指恍恍惚惚，仿佛喝醉了酒。◎中心如噎(yē)：形容心中郁结。噎，咽喉梗塞。

学画当看眉细细 文芙蓉出水丽新妆 江南国小伊秋有斯胜 六一堂句 庚辰秋九夕重九之明日 爰

064

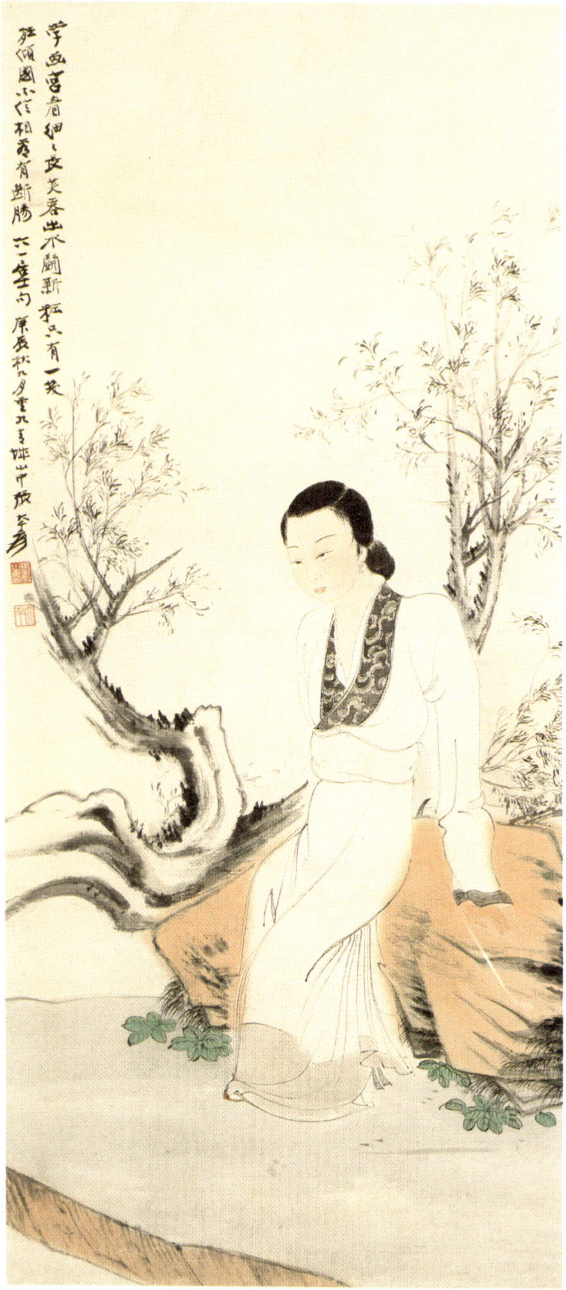

君子于役

王风

君子于役，不知其期，曷至哉？
鸡栖于埘，日之夕矣，羊牛下来。
君子于役，如之何勿思！
君子于役，不日不月，曷其有佸？
鸡栖于桀，日之夕矣，羊牛下括。
君子于役，苟无饥渴？

这首诗是妻子牵挂在远方服役而没有归期的丈夫。鸡尚且知道黄昏时要回窝，牛羊也知道及时归来，而丈夫却始终没有归期，让人如何不牵挂，如何不担心他的饥渴？

【注释】

◎君子：此处指丈夫。◎于役：在外服役。于，往；役，服役。◎曷：见P027。◎至：回来。◎埘（shí）：鸡舍，在墙上凿的鸡窝。◎下来：从高处回来。◎如之何：怎么。◎不日不月：无法用日、月来计算，极言时间之长。◎有佸（yòu huó）：再会，再相聚。有，通“又”；佸，聚会。◎桀：小木桩。◎括：通“佸”，会面，会聚。此处为到来。◎苟：表示推测或希望。“苟无饥渴”，意为希望丈夫在外能免于饥渴。

采葛

王风

彼采葛兮，一日不见，如三月兮！

彼采萧兮，一日不见，如三秋兮！

彼采艾兮，一日不见，如三岁兮！

这是一首思念情人的诗。从一日不见如隔三月，到三秋，再到三岁，层层递进，以见思念之煎熬。

【注释】

◎葛：葛藤，一种蔓生植物，块根可食，茎制成纤维可织夏布。◎萧：植物名。蒿的一种，有香气，古时用于祭祀。◎三秋：三个秋季。一季有三个月，“三秋”指九个月。◎艾：多年生草本植物，菊科，艾叶可入药，亦可用于艾灸。◎岁：年。

水竹幽居條下四十五年
庚辰賓虹 八十

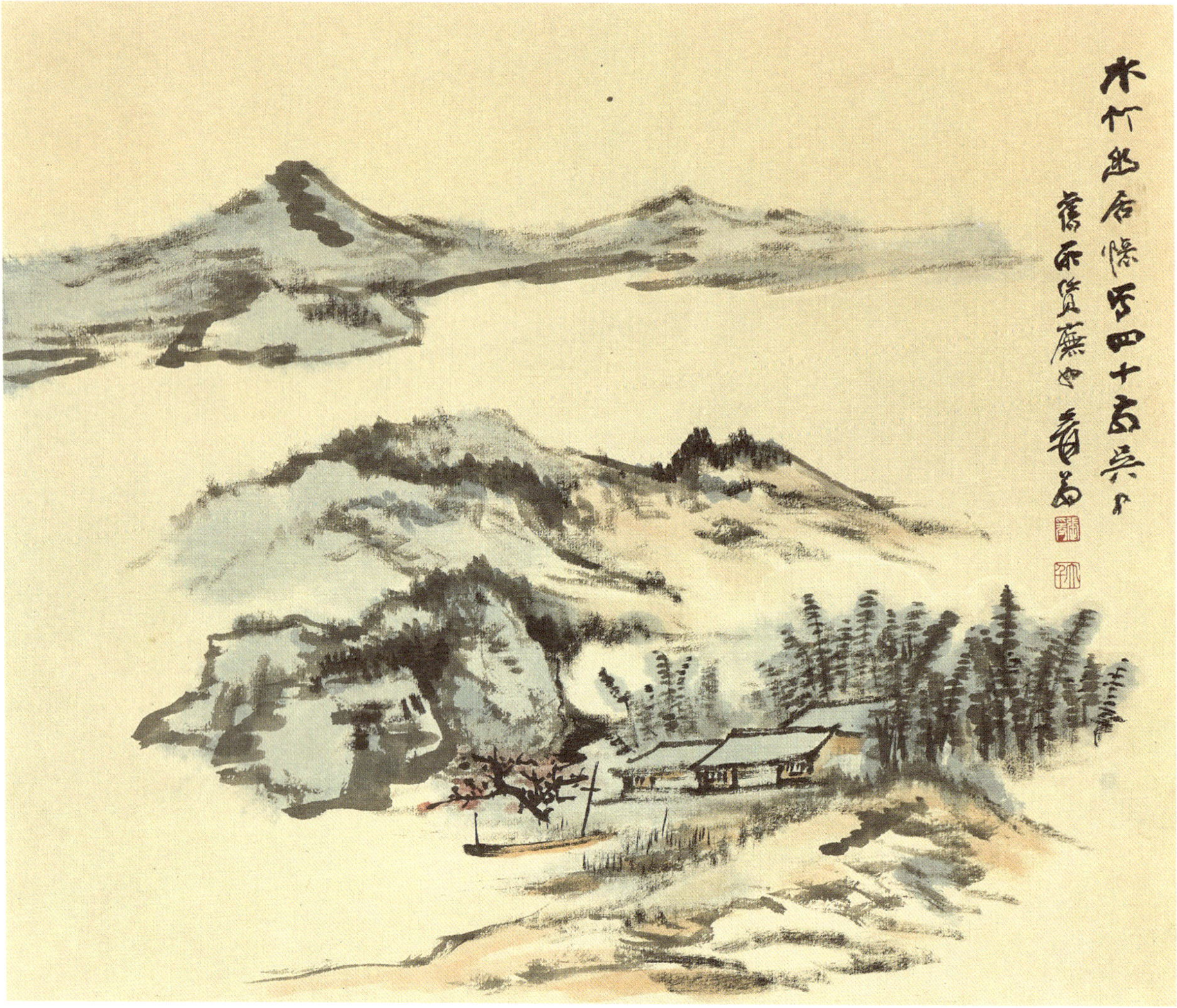

大车

王风

大车槛槛，毳衣如菼。岂不尔思？畏子不敢。

大车啍啍，毳衣如璊，岂不尔思？畏子不奔。

穀则异室，死则同穴。谓予不信，有如皦日。

这是一首爱情诗。女子热恋男子，想与他在一起，又担心对方的心意不够坚定。最后，她指日为誓，大胆地表明了自己矢志不渝的爱情。

【注释】

◎大车：大夫乘坐的车子。◎槛槛（kǎn）：车行声。◎毳（cuì）衣：古代天子、大夫的礼服，用兽毛织成，绣着五彩花纹。毳，鸟兽的细毛。◎菼（tǎn）：初生的芦荻，青白色，此处比喻毳衣上的青绿色。◎尔思：即“思尔”。尔，你。◎子：你。这里指所恋慕的男子。◎啍啍（tūn）：车行缓重貌。◎璊（mén）：赤色美玉，此处比喻毳衣上的红色。◎奔：私奔。◎穀（gǔ）：生，活着。◎异室：指分居。◎同穴：指合葬于同一个墓穴。◎予：我。◎不信：不诚实、不实在。◎有如皦（jiǎo）日：有此白日。如，此、这；皦，明亮。“有如皦日”，即指日为誓。

秋山骨瘦層秋樹枝枒槎枒间
有餘氣葉斑斑如玉子擬
步亦亚贲日須至倦車折
日暮夕𬯎𬯎酌𬯎酒華
壬辰二月大千張爰

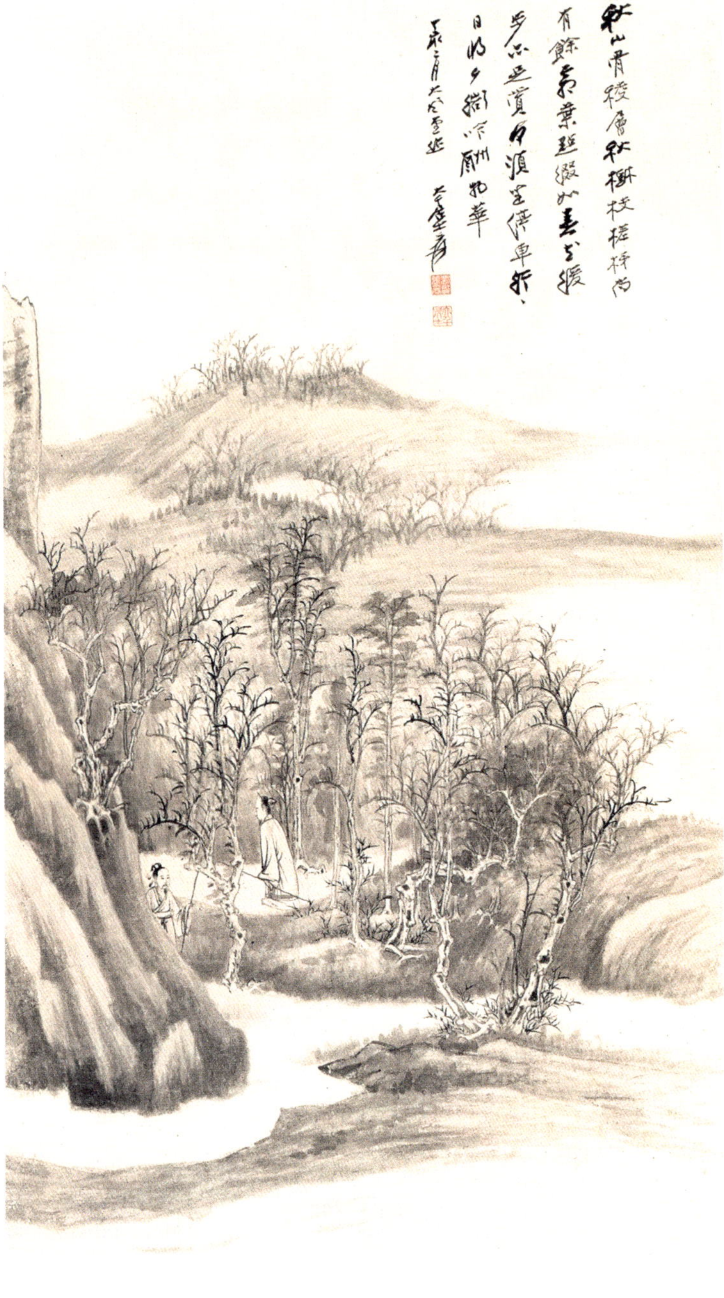

丘中有麻

王风

丘中有麻，彼留子嗟。彼留子嗟，将其来施施。

丘中有麦，彼留子国。彼留子国，将其来食。

丘中有李，彼留之子。彼留之子，贻我佩玖。

这是一首女子自述定情过程的诗。诗中的子嗟、子国、之子，与《鄘风·桑中》的孟姜、孟弋、孟庸类似，均是一人而数名，并非实指。从男子来帮忙，到邀请他一起吃饭，再到赠送佩玖作为定情信物，感情层层递进。

【注释】

◎麻：植物名，大麻，茎皮纤维可供织布。◎留：姓氏。一说“刘”的古字。◎子嗟：人名。子是对男子的尊称，嗟是字。下章中“子国”亦指人名。◎将(qiāng)：请，希望。◎施施：施予、帮助，有恩惠、惠予之意。◎食：吃饭。◎之子：即留氏之子；一说指代首章的子嗟。◎佩玖：佩玉名。

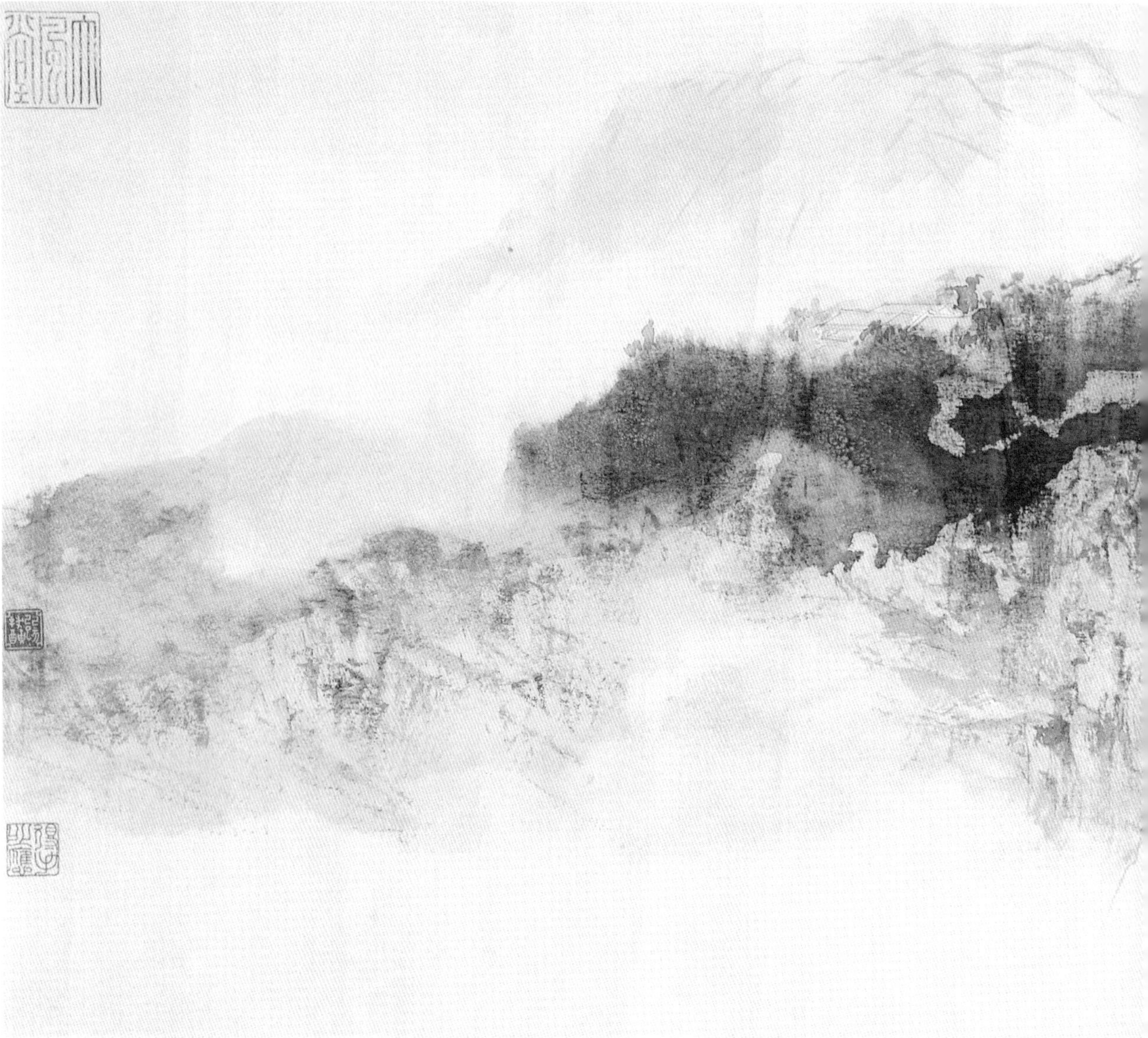

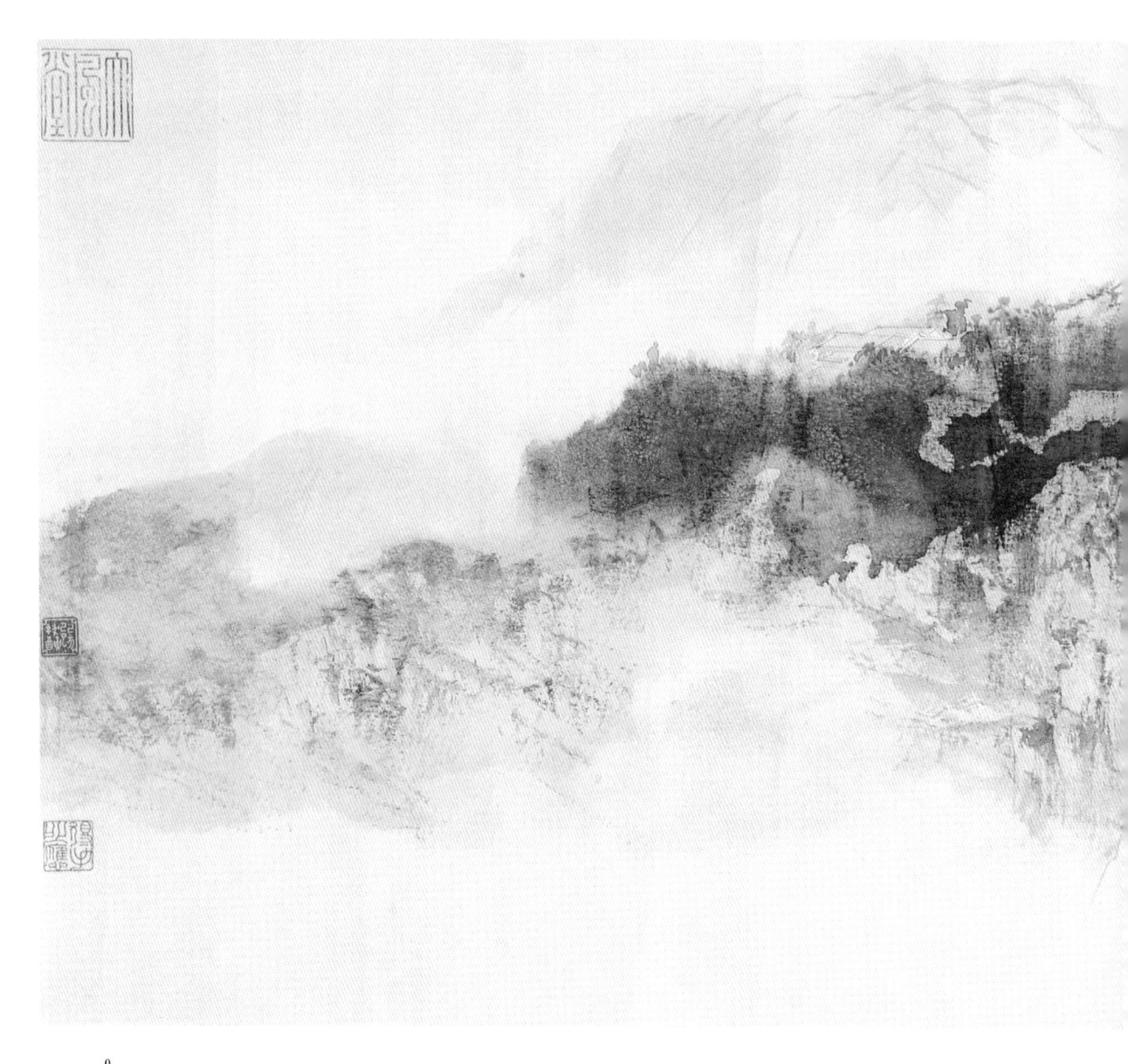

溪碧叢々擁九闉染花草木識靈根縈山鳥思似雪
臙淺苾蔓墮夢豪瀵 戊辰中秋勒居摩耶精舍并
八十叟爰

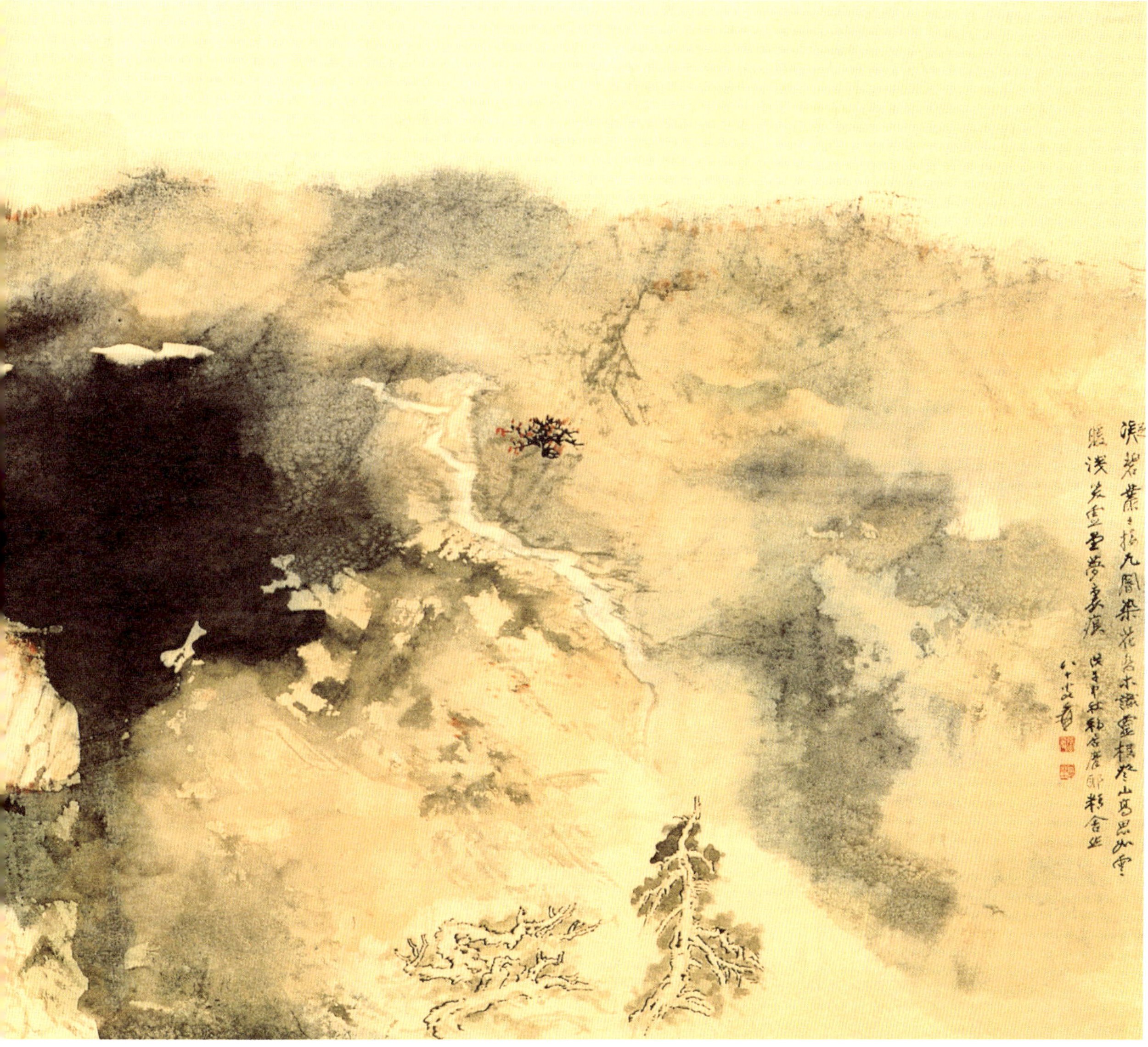

四萬飛泉刷大迷素縞精古石蒼人主幽禽
峽身鳴冷之盤響卿之玉珠輕廡矣
秋日寫大千內兄戊
七十張爰

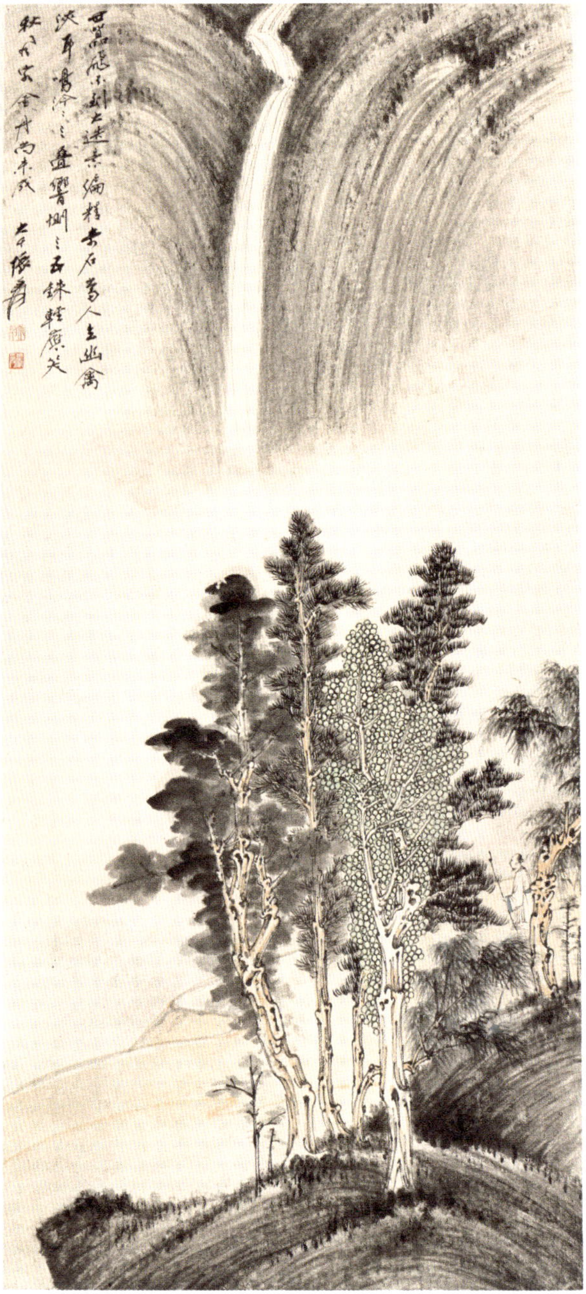

叔于田

郑风

叔于田，巷无居人。岂无居人？不如叔也，洵美且仁。

叔于狩，巷无饮酒。岂无饮酒？不如叔也，洵美且好。

叔适野，巷无服马。岂无服马？不如叔也，洵美且武。

这是一首赞美猎人的诗。在爱慕他的女子眼中，除了他，整个里巷的人都不足为道，无论是饮酒还是骑马，都比不上他。《毛诗序》认为“叔”是特指郑庄公之弟太叔段（共叔段），赞美他缮甲治兵，使国人悦服而归顺。

【注释】

◎叔：古代兄弟按长幼排序为伯（孟）、仲、叔、季，年岁较小者统称为叔。《诗经》中，男子常以伯、仲、叔、季为字，女子也多用此指代情人或丈夫，这是当时习俗。此处指年轻的猎人。◎于：去，往。◎田：同“畋”（tián），打猎。◎巷：居处的道路。◎洵：见P041。◎仁：敦厚、仁爱。◎狩：打猎。◎饮酒：此处指燕饮。◎适：往。◎野：郊外。◎服马：驾马，乘马。◎武：勇敢英武。

女曰鸡鸣

郑风

女曰鸡鸣。士曰昧旦。
子兴视夜，明星有烂。将翱将翔，弋凫与雁。
弋言加之，与子宜之。宜言饮酒，与子偕老。琴瑟在御，莫不静好。
知子之来之，杂佩以赠之。知子之顺之，杂佩以问之。
知子之好之，杂佩以报之。

这首诗反映了青年夫妇和谐美满的家庭生活。以聊天的形式，展现了催促早起、射猎、烹调菜肴、饮酒、弹琴、赠送杂佩等生活细节，感情诚笃而富有情趣。

【注释】

◎鸡鸣：鸡叫，指天明之前。与下章“昧旦”都是古人形容时间的常用语。◎昧旦：即“昧爽”，指天将明未明之时。◎兴：起。◎视夜：察看夜色。◎明星：指启明星，即金星。天色将明时，启明星最亮。◎烂：光明，明亮。◎将翱将翔：已到了破晓时分，宿鸟将出巢飞翔。◎弋：带丝绳的箭。此处为动词，指射箭。◎凫：野鸭。“弋凫与雁”意为即将出门射猎。◎加：射中。◎宜：菜肴。此处为动词，指烹饪菜肴。◎御：用，此处指弹奏。古代以琴瑟和鸣来比喻夫妻的和谐美满。◎静好：和睦、和美。◎来（lài）之：借为“徕”，慰劳。“之”以及下章“顺之”“好之”的“之”，均为助词。◎杂佩：佩饰，连缀各种玉石，故称杂佩。◎顺：柔顺。◎问：馈赠。◎好（hào）：喜爱。◎报：回报。

有女同车

郑风

有女同车，颜如舜华。将翱将翔，佩玉琼琚。彼美孟姜，洵美且都。

有女同行，颜如舜英。将翱将翔，佩玉将将。彼美孟姜，德音不忘。

这是一首情诗，以男子的口吻赞美心爱的姑娘不但貌美闲雅，而且具有美好的品德。

【注释】

◎舜华（huā）：木槿，即芙蓉花，落叶灌木，开淡紫或红色花。华，同“花”。◎翱、翔：鸟飞貌，此处形容女子步态轻盈。◎琼琚：见 *P061*。◎孟姜：见 *P047*。◎洵：见 *P041*。◎都：娴雅，美好。◎英：花。◎将将（qiāng）：通“锵锵”，象声词，形容佩玉相击所发出的声音。◎德音：美好的声誉。

淸奇亞於詩奇，海陪淺，蛟山幻，被似玉，錦春封橋道，花莊峽，神女瘦，行雲雨著，名易高。

得將一硯墨花，雨淺澆夷一重，莫敢雲挺，雖稱此奇游，雜向年頭？佛徒美淵乎。十二峯客此，蜀人張大千。

山有扶苏

郑风

山有扶苏，隰有荷华。不见子都，乃见狂且。

山有乔松，隰有游龙。不见子充，乃见狡童。

这首诗是女子约会时对恋人的嗔恼和戏谑：为什么不见良人，却见到了你这轻狂的人呢？

【注释】

◎扶苏：树木名。◎隰：见*P039*。◎荷华：荷花。◎子都：古代著名的美男子。《孟子·告子》：“至于子都，天下莫不知其姣也。”此处以“子都”为美男子的代称。◎乃：却。◎狂且（jū）：轻狂的人。且，助词。◎乔：高大。◎游龙：水草名，即荭草、水荭、红蓼。◎子充：古代良人之名。这里以“子充”为良人代称。◎狡童：姣美的少年。狡，通“姣”，美好。一说为狡猾的少年，犹戏谑之语。

獨往秋山深四題
入境書

狡童

郑风

彼狡童兮，不与我言兮。维子之故，使我不能餐兮。

彼狡童兮，不与我食兮。维子之故，使我不能息兮。

这是一首抱怨、嗔怪恋人的诗。不知什么缘故，男子不愿再与女子说话、吃饭，使她寝食难安，不知如何是好。

【注释】

◎狡童：见 *P081*。◎维：以，由于。◎餐：吃。◎息：休息，入睡；一说指呼吸、喘息。

褰裳

郑风

子惠思我，褰裳涉溱。子不我思，岂无他人？狂童之狂也且！

子惠思我，褰裳涉洧。子不我思，岂无他士？狂童之狂也且！

这是一首爱情诗。女子思念河对岸的情人，但并没有自悲自怜，却出语大方而直白：你若爱我，便牵起衣裳渡河来看我；你若不思念我，难道就没有其他人想我吗?

【注释】

◎褰（qiān）裳：提起下裳。褰，提起；裳，见 *P027*。◎惠：爱。◎溱（zhēn）：郑国水名，发源于今河南省新密市东北。◎不我思：即“不思我”，不思念我。◎狂童：顽劣的少年，是一种戏谑的称呼。◎狂：愚顽。◎也且（jū）：也、且皆为语气助词。◎洧（wěi）：郑国水名，发源于今河南省登封市阳城山。◎士：见 *P019*。

丰

郑风

子之丰兮，俟我乎巷兮。悔予不送兮！
子之昌兮，俟我乎堂兮。悔予不将兮！
衣锦褧衣，裳锦褧裳。叔兮伯兮，驾予与行！
裳锦褧裳，衣锦褧衣。叔兮伯兮，驾予与归！

这首诗描写的是一位女子因为受到阻挠而未能与心上人成婚，心中非常后悔。男子容貌丰润，体魄健壮，曾在巷口和堂上等着姑娘去成婚。姑娘希望他能重申旧好，重新迎娶自己。

【注释】

◎丰：丰润，容颜美好貌。◎俟：见 *P041*。◎巷：见 *P075*。一说指门外。◎予：此处指我家。◎送：送女出嫁，指将女儿送往前来迎亲的夫婿家中。致女曰送，亲迎曰逆。“悔予不送”只是托词，表明是家人不愿送嫁（而非自己不愿意）。与下章“将”同义。◎昌：美好貌；一说身体健壮貌。◎堂：厅堂。男子迎亲时，等候于女方家庭前。◎衣（yì）：穿，动词。◎锦：古代女子出嫁时，内穿锦缎制成的衣服。◎褧（jiǒng）衣：用枲麻类植物纤维织成的单罩衣。古代女子出嫁时在途中所穿，用以蔽尘土。◎裳（cháng）：穿，动词。◎褧裳：与“褧衣”同义。衣裳相连，诗中将衣和裳分成两句，又颠倒言之，“衣锦褧衣”即“裳锦褧裳”。◎叔、伯：均指随男方一起来迎亲的人。◎驾：驾车。此处指驾着迎亲的车子而来。◎行（xíng）：出嫁。与下章“归”同义。

风雨

郑风

风雨凄凄，鸡鸣喈喈。既见君子，云胡不夷？

风雨潇潇，鸡鸣胶胶。既见君子，云胡不瘳？

风雨如晦，鸡鸣不已。既见君子，云胡不喜？

这是一首描写妻子与丈夫久别重逢的诗。风雨鸡鸣，本是凄凉、晦暗之景，但此时竟然见到了日思夜想之人，喜悦之情可想而知。

【注释】

◎凄凄：寒凉。◎喈喈（jiē）：象声词，鸡叫声。与下章“胶胶”同义。◎君子：此处指丈夫。◎云胡：犹言“为什么”。云，句首语助词；胡，何，为什么。◎夷：见 *P013*。◎潇潇：形容风急雨骤。◎瘳（chōu）：病愈，指愁思萦怀的心病终于消除了；一说“瘳”通“憀”，喜悦。◎晦（huì）：夜晚。“风雨如晦”形容疾风骤雨，天昏暗得好似夜晚。

溪山過雨
八十一叟爰

子衿

郑风

青青子衿，悠悠我心。纵我不往，子宁不嗣音？

青青子佩，悠悠我思。纵我不往，子宁不来？

挑兮达兮，在城阙兮。一日不见，如三月兮。

这首诗描写一位女子在城墙上踟蹰徘徊、思念恋人。纵使我不去会你，你就不能传个音信过来吗？纵使我不去会你，你就不能主动来看我吗？

【注释】

◎青青子衿：青色的衣领，周代读书人的服装。后因称读书人为“子衿”。衿，衣领。◎悠悠：忧思不断貌。◎纵：纵使，即使。◎宁（nìng）：岂，难道。◎嗣（yí）音：寄传音讯。嗣，通“诒”，送、寄之义。◎佩：佩玉，此处指系佩玉的绶带。◎挑（táo）、达（tà）：独自来回走动的样子。◎城阙：城门两边的观楼。

出其东门

郑风

出其东门，有女如云。虽则如云，匪我思存。缟衣綦巾，聊乐我员。

出其闉阇，有女如荼。虽则如荼，匪我思且。缟衣茹藘，聊可与娱。

这首诗明白如话，体现了一位男子对爱人忠贞不二的心意。即使有女如云、有女如荼，却都不是我所思念的人。我所思念的，只是那“缟衣綦巾”“缟衣茹藘”的姑娘。

【注释】

◎东门：城东门，郑国游人云集的地方。◎如云：形容女子众多。◎虽则：虽然。◎思存：思念之所在。存，在。一说“思”“存”皆为思念义。◎缟（gǎo）衣：素衣。缟，白色。◎綦（qí）巾：青色的佩巾。◎聊：且，姑且。◎员（yún）：同“云”，语助词。◎闉阇（yīn dū）：古代城门外瓮城的重门。◎荼：白茅花。花开时一片皆白，此处形容女子众多。◎思且（cú）：与上章“思存”同义。且，通“徂”，与“存”同义，在。一说“且”（jū）为语助词，“思且”即思念，与“思存”中“思”“存”皆为思念义之说相应。◎茹藘（lǘ）：茜草，其根可做绛红色的染料。此处指绛红色的佩巾。◎娱：乐。

郑风

野有蔓草

野有蔓草，零露漙兮。有美一人，清扬婉兮。邂逅相遇，适我愿兮。

野有蔓草，零露瀼瀼。有美一人，婉如清扬。邂逅相遇，与子偕臧。

这是一首描写男女两情相悦的情歌。蔓草青青，露水晶莹，美好的女子眉目含情，与我邂逅相遇、情投意合。可谓诗中有画，情景交融。

【注释】

◎蔓草：蔓生的野草。◎零：落下。◎漙（tuán）：形容露水多；一说形容露珠圆润。◎清扬：眉目清秀，泛指容貌美丽。眼睛及其上下部分称为“清”，眉毛及其上下部分称“扬”，故“清”“扬”可专指眉目之美，如《齐风·猗嗟》“美目扬兮”“美目清兮”；也可泛指容貌之美，如此诗的“清扬婉兮”“婉如清扬”。◎婉：美丽，美好。◎邂逅（xiè hòu）：不期而遇。◎适：适合，符合。◎瀼瀼（ráng）：形容露水多。◎如：助词，用为形容词后缀，犹“然”。◎偕臧：都满意，谓各得其所欲也。臧，善。

洛陽伽藍記載
開善寺且朱芳
出池綠萍浮水
小口紅蓮而日朱
荷苦那其餘罕畫
寄如
辛酉之冬作
唐雲轉舍止

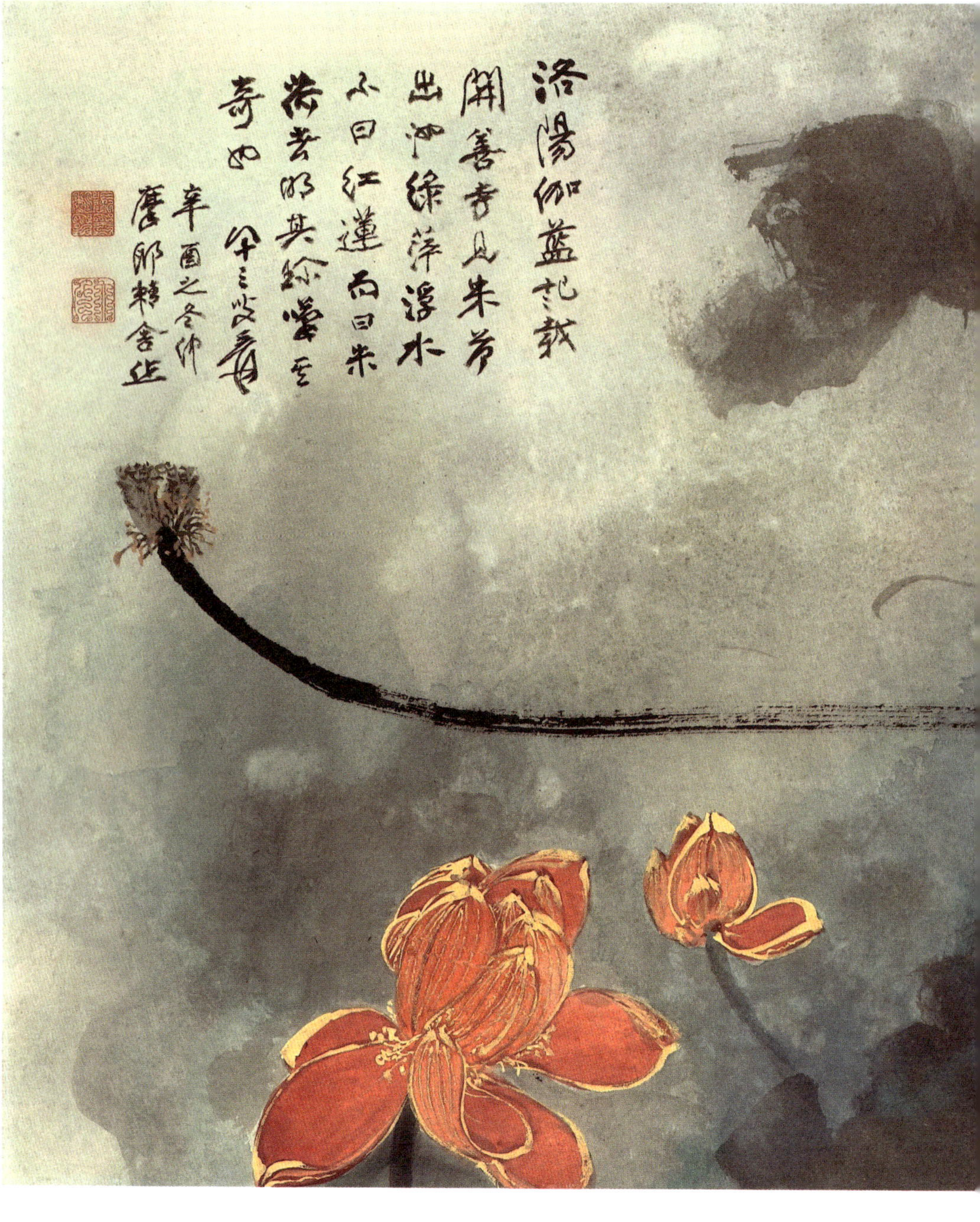

齐风

东方之日

东方之日兮，彼姝者子，在我室兮。在我室兮，履我即兮。

东方之月兮，彼姝者子，在我闼兮。在我闼兮，履我发兮。

这是一首甜蜜的爱情诗。那个如日月光辉般美丽的姑娘在我内室，亲近我，与我相亲相爱。

【注释】

◎东方之日：此处是以东方旭日之光辉来比喻女子颜色盛美。下章“东方之月”与此类似。◎姝：见 *P041*。◎子：此处指女子。◎履：踩，蹑。◎即：通“膝”。古人席地而坐，男女亲近时会触碰到对方的膝盖或脚。◎闼（tà）：内门，小门，泛指门户。◎发：足、脚。

甫田

齐风

无田甫田，维莠骄骄。无思远人，劳心忉忉。

无田甫田，维莠桀桀。无思远人，劳心怛怛。

婉兮娈兮，总角丱兮。未几见兮，突而弁兮。

这是一首思念远人的诗。田里野草丛生，可能是因为忧思而无心耕作。诗人所思的对象，似乎是从小就相识的朋友或恋人，还记得他总角时美好的样子。倘若不久之后就能见面，恐怕这个男子忽然之间就已长大成人了。

【注释】

◎甫田：大田。◎无田：不要耕种。田，通“佃”，动词，耕种。◎维：助词。◎莠（yǒu）：杂草，野草，俗称狗尾草。◎骄骄：草盛而高貌。◎远人：远行的人。◎劳心：忧心。◎忉忉（dāo）：忧伤貌。◎桀桀：高高挺立的样子。桀，通“揭”，高举。◎怛怛（dá）：忧伤痛心貌。◎婉、娈：年少而美好的样子。◎总角：古时儿童发饰。聚总额头两边的头发，向上分开，形如羊角。◎丱（guàn）：形容总角翘起之状。◎未几：不久。◎弁（biàn）：戴冠。弁是成人的帽子，此处为动词。古代男子二十而冠，表示成年。

汾沮洳

魏风

彼汾沮洳，言采其莫。彼其之子，美无度。美无度，殊异乎公路。

彼汾一方，言采其桑。彼其之子，美如英。美如英，殊异乎公行。

彼汾一曲，言采其蕢。彼其之子，美如玉。美如玉，殊异乎公族。

这是一首赞美劳动者的诗，也可以理解为女子思慕男子的诗。诗人感慨：那个采野菜的人是多么美善，与那些得世禄者多么不同！言尽于此，而言外之意自见。

【注释】

◎汾：汾水，在今山西省宁武县，汇入黄河。◎沮洳（jù rù）：水边低湿的地方。◎言：助词。◎莫（mù）：野菜名。蓼的一种，即酸模，初生时可以为羹，又可生食。◎彼其之子：那个人。彼、之都是代词；其，助词。◎美无度：美得难以衡量。度，尺寸。◎殊异：不同。殊、异是同义词，均指差别。◎公路：官名，掌管国军辂车的官员。“公路”与下章中的“公行”“公族”都是官名，由贵族子弟世袭担任。◎一方：一边。◎桑：桑叶。◎英：花。◎公行（háng）：官名，掌管兵车的官员。◎曲：水流弯曲之处。◎蕢（xù）：草名。即泽泻，生浅水中，可入药，亦可食用。◎公族：管理公侯事务的官员。

蟋蟀

唐风

蟋蟀在堂，岁聿其莫。今我不乐，日月其除。
无已大康，职思其居。好乐无荒，良士瞿瞿。

蟋蟀在堂，岁聿其逝。今我不乐，日月其迈。
无已大康，职思其外。好乐无荒，良士蹶蹶。

蟋蟀在堂，役车其休。今我不乐，日月其慆。
无已大康，职思其忧。好乐无荒，良士休休。

这是一首岁末述怀的诗，既感慨光阴易逝，又劝人勤勉。

【注释】

◎蟋蟀在堂：蟋蟀随着寒暑节气的变化而移动位置。《豳风·七月》“七月在野，八月在宇，九月在户，十月蟋蟀入我床下”，“九月在户”即此诗中的“蟋蟀在堂”。但《七月》采用夏历，《蟋蟀》采用周历，夏历九月相当于周历十一月，故“蟋蟀在堂”的时节已接近岁末。◎聿（yù）：助词。◎莫：“暮”的古字，指时间将尽。◎日月：指光阴。◎除：逝去。◎无已大（tài）康：不要过分地追求安乐。无，通“毋”，不可；已，甚、过分；大，太、过甚。◎职：尚，还要。◎居：处，指所处职位。◎好：爱好。◎荒：荒废。◎良士：贤士。◎瞿瞿（jù）：勤谨貌。◎迈：行，逝去。◎外：本职之外的事。◎蹶蹶：勤勉貌。◎役车：服役出差的车子，庶人所乘。◎慆（tāo）：度过，逝去。◎休休：安闲貌。

雲脚初收初霽趣華
玉峯邪岐峰上玉間關乎
再來佇立溉辟頂上金
壬辰春日 爰張大千

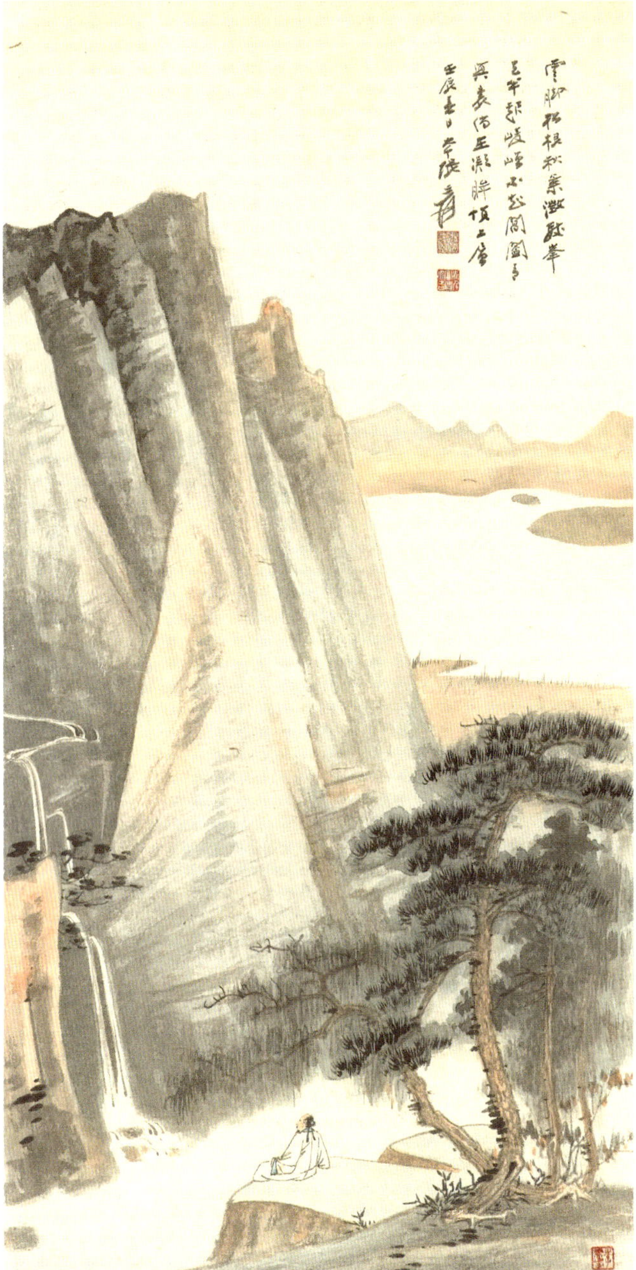

山有枢

唐风

山有枢，隰有榆。子有衣裳，弗曳弗娄。子有车马，弗驰弗驱。宛其死矣，他人是愉。

山有栲，隰有杻。子有廷内，弗洒弗扫。子有钟鼓，弗鼓弗考。宛其死矣，他人是保。

山有漆，隰有栗。子有酒食，何不日鼓瑟？且以喜乐，且以永日。宛其死矣，他人入室。

这首诗讽喻人们应及时行乐。那些有衣裳不穿、有车马不用、有房子不住、有乐器而不知欣赏的人，待他死后，这些财宝器物将白白供他人享用。另《毛诗序》说此诗是讽刺晋昭公不能修道治理国家，有财不能用到适处，以致政荒民散、国家危亡。

【注释】

◎枢：树木名，即刺榆。◎隰：见 *P039*。◎榆：树木名。落叶乔木，可供建筑之材。◎曳、娄：两者都是穿衣的动作。此处泛指穿。曳，拖；娄，通“搂”，用手把衣服拢着提起来。◎驰、驱：泛指驾车、乘车。驰，车马疾行；驱，策马。◎宛：通“苑”，死，枯萎貌。◎他人是愉：“他人愉是”的倒装，意为他人享用了这些。是，指示代词，这；愉，快乐、享乐。◎栲（kǎo）：树木名，又叫山樗，可制车辐。◎杻（niǔ）：树木名，又叫檍树，可制弓弩。◎廷内：院子和堂室。廷，通“庭”，院子；内，堂室。◎考：敲。◎他人是保：“他人保是”的倒装，意为他人占有了这些。◎漆：树木名。树汁可为涂料。◎栗：树木名。果实可食用，木材可供建筑用。◎日：每日。◎永日：消磨时日。

扬之水

唐风

扬之水，白石凿凿。素衣朱襮，从子于沃。既见君子，云何不乐。

扬之水，白石皓皓。素衣朱绣，从子于鹄。既见君子，云何其忧。

扬之水，白石粼粼。我闻有命，不敢以告人！

据传，这首诗是讽刺晋昭公而作，诗中期盼有才德的桓叔成为诸侯。晋昭公封桓叔于曲沃，桓叔有德，曲沃日益强盛；昭公无德，故失民心。晋大夫潘父与桓叔密谋，欲以潘父为内应，发动政变。

【注释】

◎扬之水：激扬而湍疾的河水。◎凿凿：鲜明貌。◎素衣：白色丝绢中衣。◎朱襮（bó）：红色的、绣有黼文的衣领。◎从：随从，跟随。◎沃：曲沃，地名，在今山西省闻喜县东北。◎君子：此处指桓叔。◎云何：为何。云，助词。◎皓皓：洁白貌。◎朱绣：衣领上红色的绣纹。◎鹄：邑名，即曲沃；一说指曲沃的城邑。◎粼粼：清澈貌。◎命：命令、政令，指曲沃桓叔即将发动政变之事。

绸缪

唐风

绸缪束薪，三星在天。今夕何夕，见此良人？子兮子兮，如此良人何？

绸缪束刍，三星在隅。今夕何夕，见此邂逅？子兮子兮，如此邂逅何？

绸缪束楚，三星在户。今夕何夕，见此粲者？子兮子兮，如此粲者何？

这是一首描写新婚的诗。“今夕何夕”之问，“子兮子兮”之叹，是新郎和新娘的惊喜之词。在这良辰美景中见到心上人，并与之结为夫妇，多么心满意足！

【注释】

◎绸缪（móu）：紧密缠束貌，犹缠绵也。绸，缠绕；缪，麻十束。◎束薪：捆扎起来的柴草，喻夫妇同心，情意缠绵。《诗经》中多以“薪”喻婚姻，如《周南·汉广》“翘翘错薪”。下章“束刍”“束楚”均象征新婚。◎三星：参（shēn）星，二十八星宿之一。参宿主要由三颗星组成。“三星在天”指此时正值黄昏，是新人婚礼之时。◎今夕何夕：今夜是何夜？多用作赞叹、感慨。◎良人：丈夫，此处指新郎。◎子兮子兮：犹言“你呀你呀”；一说嗟叹之词。◎如此良人何：如……何，把……怎么样，奈何。“如此良人何”犹言：“对这样的新郎怎么样呢？”是戏谑欢悦之词。◎束刍（chú）：捆扎起来的草。刍，喂牲口的草。◎在隅：在天空的东南角。参宿在隅，喻夜已深。◎邂逅：此处为名词，指所爱悦之人。◎束楚：捆扎起来的荆条。◎在户：在房门之上。参宿在户，喻夜已半。◎粲者：美人，此处指新娘。

葛生

葛生蒙楚，蔹蔓于野。予美亡此，谁与独处？
葛生蒙棘，蔹蔓于域。予美亡此，谁与独息？
角枕粲兮，锦衾烂兮。予美亡此，谁与独旦？
夏之日，冬之夜。百岁之后，归于其居。
冬之夜，夏之日。百岁之后，归于其室。

这是一首悼亡诗。失去爱人后，只能独处、独息、独旦，形单影只，辗转难眠。“夏之日”“冬之夜”的颠倒和交错，是诗人日复一日、年复一年，永无止境的悲伤与思念；“百岁之后，归于其室”，是对亡者的承诺，对自己的安慰，也是对感情重负的一种解脱。

【注释】

◎葛：见 *P067*。◎蒙：覆盖。◎楚：见 *P011*。◎蔹（liǎn）：草名，攀缘性草本植物。◎蔓：蔓延。◎予美：犹言“我的爱人”。◎亡此：指爱人葬于此地。◎谁与独处：意为“吾谁与处？独处”。“谁与”，即“与谁”的宾语前置，是自我设问。与，跟、同。下章“谁与独息”“谁与独旦”句式与此相同。◎棘：酸枣，有棘刺的灌木。◎域：坟墓。与下章“居”“室”同义。◎息：寝息。◎角枕：以兽骨为饰的枕头。据《周礼·天官·玉府》注、疏，角枕用于枕尸首。◎粲：鲜明貌。◎锦衾：锦缎被褥，用于装殓死者。◎烂：鲜明貌。◎独旦：独宿至旦。旦，天亮。◎夏之日，冬之夜：夏季昼长，冬季夜长，取“夏之日、冬之夜”，极言时间之长，谓失去爱人后的日子漫长而难捱。

车邻

有车邻邻，有马白颠。未见君子，寺人之令。

阪有漆，隰有栗。既见君子，并坐鼓瑟。今者不乐，逝者其耋。

阪有桑，隰有杨。既见君子，并坐鼓簧。今者不乐，逝者其亡。

这是一首贵族朋友之间互相劝乐的诗。首章写驾车前往拜会的情景，后两章则是相会作乐，流露出人生苦短、须及时行乐的思想。

【注释】

◎有：助词。◎邻邻：通“辚辚”，车行声。◎白颠：马额正中有块白毛，也称戴星马。◎寺人：官名，宫内的小臣，此处泛指通传的近侍。寺，本义为衙署、官舍。这两句是说未见到主人，还在等待侍从的传令。◎阪：山坡。◎漆：树木名。树汁可为涂料。◎隰：见 *P039*。◎栗：树木名。果实可食用，木材可供建筑用。◎并坐：同坐。◎鼓瑟：弹瑟。◎今者：现在。◎乐：行乐。◎逝者：往后，将来。◎耋（dié）：八十岁，此处泛指年老。此句意为要及时行乐，不然就要老了。◎鼓簧：吹笙。簧是笙管中的舌片，振动以发声，此处以簧指代笙。◎亡：死亡。

蒹葭

秦风

蒹葭苍苍，白露为霜。所谓伊人，在水一方。
溯洄从之，道阻且长。溯游从之，宛在水中央。
蒹葭凄凄，白露未晞。所谓伊人，在水之湄。
溯洄从之，道阻且跻。溯游从之，宛在水中坻。
蒹葭采采，白露未已。所谓伊人，在水之涘。
溯洄从之，道阻且右。溯游从之，宛在水中沚。

这是一首抒写思慕之情的诗。深秋的早晨，芦苇已蒙上薄霜，露水尚未干透，诗人寻找心中的“伊人”，或逆流而上，或顺流而下，而伊人却始终可望而不可即。

【注释】

◎蒹葭：通称芦苇。蒹，没有长穗的芦苇，一说指荻；葭，初生的芦苇。◎苍苍：茂盛的样子。◎白露：秋天的露水。露浓色白，谓之白露。◎伊人：那个人，指思慕的对象。伊，指示代词。◎一方：一旁，一边。此处指河对岸。◎溯洄：逆流而上。一说洄指弯曲的河道。◎从：追随。◎阻：险阻。◎溯游：顺流而下。一说游指直流的河道。◎宛：仿佛。◎凄凄：通“萋萋”，茂盛貌。◎晞：干。◎湄：岸边，水和草交接之处。◎跻：升，升高。◎坻（chí）：水中的小洲或高地。◎采采：茂盛鲜明貌。◎已：止，干。◎涘（sì）：水边。◎右：迂曲，指河道弯曲。◎沚（zhǐ）：水中的小块陆地。

勝嶺橫雲
宋道君皇帝有此等樹
只恭罕之

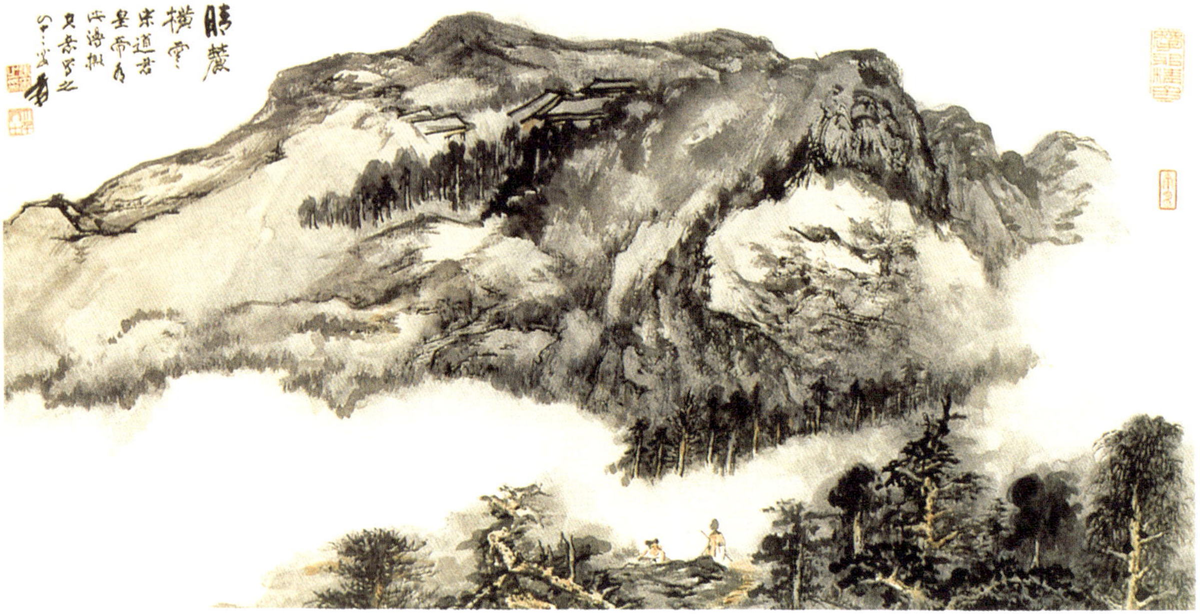

终南

秦风

终南何有？有条有梅。君子至止，锦衣狐裘。颜如渥丹，其君也哉？

终南何有？有纪有堂。君子至止，黻衣绣裳。佩玉将将，寿考不忘！

这是一首赞美秦君的诗。秦襄公击败犬戎之后，周平王东迁，将原先岐山以西的土地赐给了秦国。这首诗便以周王朝遗民的视角来赞美秦君，但又不仅仅是赞美，其中也包含着劝诫之意。

【注释】

◎终南：见 *P013*。◎条：树木名，即山楸。材质好，可制车板。◎至止：来到。至，到、来到；止，句末语助词。◎锦衣狐裘：当时诸侯的礼服。《礼记·玉藻》：“君衣狐白裘，锦衣以裼之。”◎渥丹：见 *P039*。◎纪：通“杞”，树木名，即杞柳。◎堂：通“棠”，棠梨。◎黻（fú）衣：黑色与青色花纹相间的上衣。◎绣裳：五彩绣成的下裳。黻衣、绣裳都是当时贵族的衣裳。◎将将：见 *P079*。◎寿考：年高，长寿。考，老。“寿考不忘”意含劝勉，谓到老也不会忘记。

晨风

秦风

鴥彼晨风，郁彼北林。未见君子，忧心钦钦。如何如何？忘我实多！

山有苞栎，隰有六驳。未见君子，忧心靡乐。如何如何？忘我实多！

山有苞棣，隰有树檖。未见君子，忧心如醉。如何如何？忘我实多！

这首诗描写女子思念丈夫，却又疑心丈夫已将自己抛弃。

【注释】

◎鴥（yù）：鸟疾飞貌。◎晨风：鸟名，即鹯鸟。属鹞鹰一类的猛禽。◎郁：形容草木繁茂。◎钦钦：忧思难忘貌。◎如何：奈何，怎么办。表达忧伤、焦虑而无奈的心情。◎苞：丛生。◎栎（lì）：树木名。◎隰：见 *P039*。◎六驳（bó）：六表多数，言其多；驳，树木名，即梓榆之属，因树皮青白斑驳而得名。“山有……隰有……”比况物各得其所、各有所宜，唯独诗中女子忧思难忘、无所适从。◎靡：不，无。◎棣（dì）：树木名，即棠棣，也叫郁李。◎树：直立的样子。◎檖（suì）：山梨。

宛丘

陈风

子之汤兮，宛丘之上兮。洵有情兮，而无望兮。

坎其击鼓，宛丘之下。无冬无夏，值其鹭羽。

坎其击缶，宛丘之道。无冬无夏，值其鹭翿。

这首诗描写一位巫女的舞蹈，表达对她的爱慕。这份感情固然是“无望”的，却“无冬无夏”，持续了那么久。

【注释】

◎宛丘：陈国地名。◎子：此处指跳舞的女巫。◎汤（dàng）：通“荡”，舞姿摇摆、奔放的样子。◎洵：见 *P041*。◎无望：没有希望。◎坎其：即“坎坎”，击鼓声。其，助词，形容词后缀，无实义。◎无：不管，不论。◎值：手持。◎鹭羽：用鹭鸟羽毛做成的伞形舞具。与下章“鹭翿”（dào）同义。◎缶（fǒu）：瓦制的打击乐器。

谷口人家 十三
密密寒林挂夕陽
崇朝奔雲杳不見
西峰一缐洩飛泉
且廿 爰翁

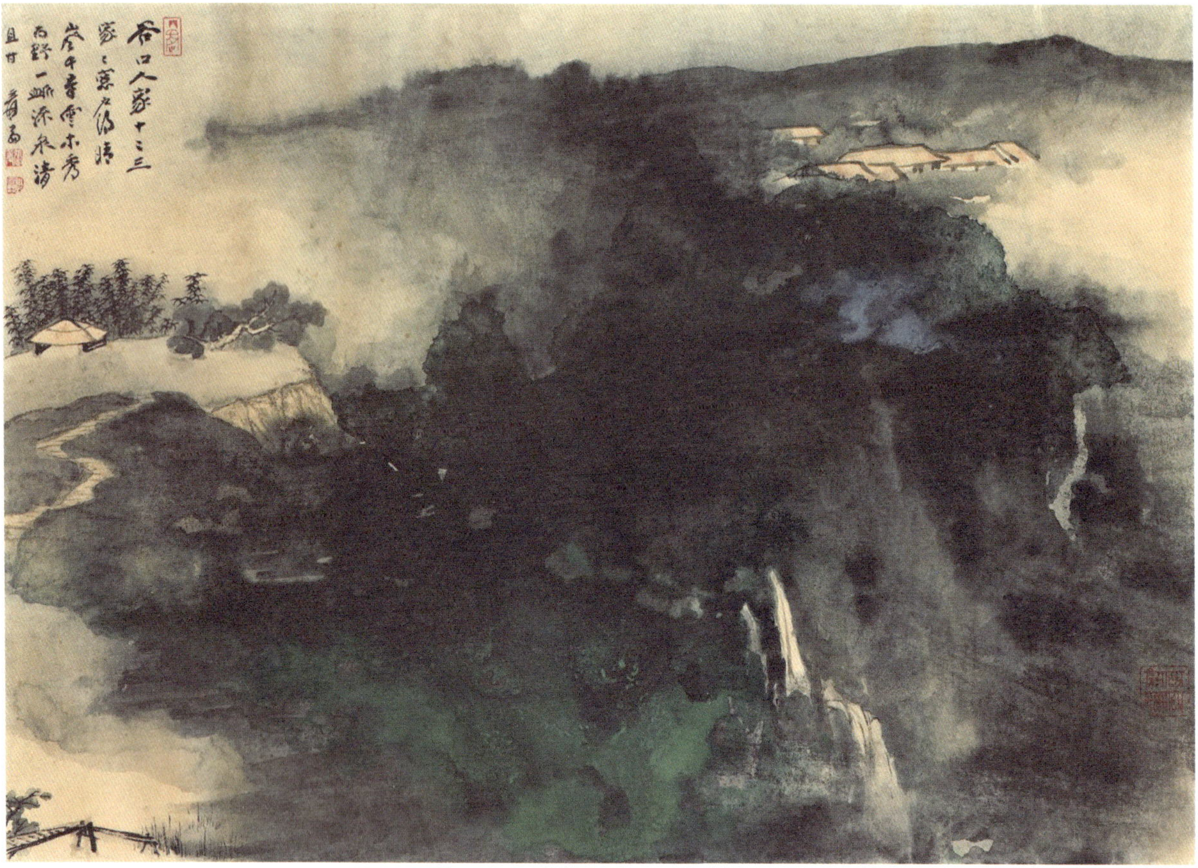

东门之枌

陈风

东门之枌，宛丘之栩。子仲之子，婆娑其下。

穀旦于差，南方之原。不绩其麻，市也婆娑。

穀旦于逝，越以鬷迈。视尔如荍，贻我握椒。

这是一首描写男女相爱，趁着良辰美景聚会歌舞的诗。

【注释】

◎东门：陈国的城门，地近宛丘。◎枌（fén）：树木名，白榆树。◎栩（xǔ）：树木名，柞树。◎子仲之子：子仲家的一位姑娘。子仲，陈国的一个姓氏。◎婆娑：舞蹈貌。◎穀（gǔ）旦：吉日，好日子。穀，善。◎差（chāi）：选择。◎原：平原。此句意为挑一个好日子去南边的平原相会。◎绩：把麻析成细缕捻接起来。◎市：集市。◎逝：往，赶。意为趁着好日子去相会。◎越以：发语词。◎鬷（zōng）：数次，屡次。◎迈：往，去。◎荍（qiáo）：草名，即锦葵。草本植物，夏季开紫色或白色花。此处指女子容貌美丽如锦葵。◎贻：赠送。◎握椒：一把花椒。

巫峡清秋

东门之池

陈风

东门之池，可以沤麻。彼美淑姬，可与晤歌。

东门之池，可以沤纻。彼美淑姬，可与晤语。

东门之池，可以沤菅。彼美淑姬，可与晤言。

这是一首描写男女相会的诗。男子的心上人，可能是一位在东门外的护城河里浸泡纻麻、菅草的姑娘，他们相对而歌、相对而言，艰苦的劳作也变成了愉快的相聚。

【注释】

◎池：城池，护城河。一说水池。◎沤：长时间浸泡。纺麻之前先用水将其泡软，才能剥下麻皮，用以织麻布。◎淑姬：即“叔姬”，指美人。叔，兄弟姊妹中排行第三；姬，周王室之姓。彼美叔姬，犹《有女同车》的“彼美孟姜”、《桑中》的“美孟姜矣”，姬、姜是当时贵族之姓，也因此成为妇人之美称。叔姬、孟姜均为美女的代称，并非实指。◎晤（wù）歌：相对而歌，即以歌声相唱和。晤，对、相对。◎纻（zhù）：苎麻，多年生草本植物，可织布。◎晤语：对话。与下章“晤言”同义。◎菅：草名，即菅草，芦荻一类的植物。其茎可搓绳，可编草鞋。

东门之杨

陈风

东门之杨，其叶牂牂。昏以为期，明星煌煌。

东门之杨，其叶肺肺。昏以为期，明星晢晢。

这首诗描写男女约会，却有一方久候不至的情景。约定是黄昏时见面，而直到启明星现于天边，也未见心上人的踪影。

【注释】

◎牂牂（zāng）：茂盛貌。◎昏：黄昏。◎期：约定的时间。◎明星：见 *P077*。这首诗写约会而久候不至，从黄昏等到了天色将明。◎煌煌：明亮貌。◎肺肺（pèi）：茂盛貌。◎晢晢（zhé）：光亮貌。

月出

陈风

月出皎兮，佼人僚兮。舒窈纠兮，劳心悄兮。

月出皓兮，佼人懰兮。舒忧受兮，劳心慅兮。

月出照兮，佼人燎兮。舒夭绍兮，劳心惨兮。

这是一首月下怀人的诗。朱熹《诗集传》谓“此亦男女相悦而相念之辞”。深沉的相思、美妙的姿态、月夜的优美，构成了动人的情景，别有一番诗情画意。

【注释】

◎皎：谓月光洁白明亮。◎佼（jiǎo）人：美人。佼，姣好。◎僚（liǎo）：美好。下章“懰”（liǔ）、“燎”同义。◎舒：舒缓，指女子举止从容娴雅。◎窈纠（yǎo jiǎo）：形容女子体态轻盈，步履舒缓。与下章“忧（yǒu）受”“夭绍”同义。◎劳心：见 *P101*。◎悄（qiǎo）：忧愁貌。下章“慅”（cǎo）、“惨”同义。◎皓：光明，明亮。◎照：明亮。

泽陂

陈风

彼泽之陂，有蒲与荷。有美一人，伤如之何？寤寐无为，涕泗滂沱。

彼泽之陂，有蒲与蕑。有美一人，硕大且卷。寤寐无为，中心悁悁。

彼泽之陂，有蒲菡萏。有美一人，硕大且俨。寤寐无为，辗转伏枕。

这首诗抒发诗人有所思慕却又求之不得、无可奈何的愁绪。

【注释】

◎泽：池塘。◎陂（bēi）：堤岸。◎蒲：香蒲，多年生草本植物，多生水边。◎伤：忧思。◎寤寐：见 *P003*。◎无为：没有办法。◎涕：眼泪。◎泗（sì）：鼻涕。◎滂沱：原指雨下得大，此处形容涕泪之多。◎蕑（jiān）：兰草。一说莲蓬，即荷花的果实。◎硕大：高大。◎卷（quán）：通“婘”，美好貌。◎中心：见 *P043*。◎悁悁（yuān）：忧郁貌。◎菡萏（hàn dàn）：荷花。◎俨：端庄、庄重。

匪风

匪风发兮，匪车偈兮。顾瞻周道，中心怛兮。

匪风飘兮，匪车嘌兮。顾瞻周道，中心吊兮。

谁能亨鱼？溉之釜鬵。谁将西归？怀之好音。

这是一首游子思归的诗。游子听见风声飒飒，看见马车疾驰，自己却不能回去，只能在大道上踟蹰徘徊，心中充满忧伤。谁能烹鱼？我来为你清洗炊具。谁将西归？替我捎个口信吧。

【注释】

◎匪（bǐ）：通“彼”，指示代词，那。匪风、匪车，即那风、那车。◎发：犹“发发”，疾风声。◎偈（jié）：疾驰貌。◎顾瞻：回过头看。◎周道：大道。◎怛（dá）：痛苦悲伤。◎飘：形容风势疾速回旋。◎嘌（piāo）：轻快疾速貌。◎吊：悲伤。◎亨（pēng）：通“烹”，煮。◎溉：洗，洗涤。◎釜：古代炊器，敛口，圆底。◎鬵（xín）：古代一种蒸食炊器，底部有孔。◎怀：遗、送。◎好音：好消息。

蜉蝣

曹风

蜉蝣之羽，衣裳楚楚。心之忧矣，于我归处。
蜉蝣之翼，采采衣服。心之忧矣，于我归息。
蜉蝣掘阅，麻衣如雪。心之忧矣，于我归说。

这是一首叹息人生短促的诗。蜉蝣朝生暮死，生命何其短暂，但它的翅膀洁白透明，何其华美。人的一生也是如此，但哪里将是我的归宿呢?

【注释】

◎蜉蝣（fú yóu）：一种昆虫。形似天牛，翅膀透明，朝生暮死，生命极其短暂。◎楚楚：鲜明貌。◎归处：即归宿。归，依归。与下章“归息”“归说”同义。◎采采：见 *P119*。◎掘阅（xué）：穿穴而出。掘，穿、挖；阅，通“穴”。◎麻衣：即深衣，上衣和下裳相连缀的一种服装，古代诸侯、大夫等日常所穿。此处指蜉蝣透明的羽翼。◎说（shuì）：通“税”，止息，休息。

鸤鸠

曹风

鸤鸠在桑，其子七兮。淑人君子，其仪一兮。其仪一兮，心如结兮。

鸤鸠在桑，其子在梅。淑人君子，其带伊丝。其带伊丝，其弁伊骐。

鸤鸠在桑，其子在棘。淑人君子，其仪不忒。其仪不忒，正是四国。

鸤鸠在桑，其子在榛。淑人君子，正是国人。正是国人，胡不万年。

这首诗赞美君子德行专一、深受国人爱戴。

【注释】

◎鸤（shī）鸠：即布谷鸟。传说鸤鸠养子平均，以此赞美君子德行专一。◎其子七兮：传说布谷鸟喂食小鸟时，早晨从头到尾，傍晚从尾到头，无偏无私，平均如一。七是虚数，概言其多，并非实指。◎淑人：善人。◎仪：容止仪表。◎一：一致，始终如一。◎结：用绳子拧成结，比喻用心专一。◎带：大带，古代贵族礼服所用，用素或练制成。◎伊：助词，无实义。◎弁（biàn）：皮帽。◎骐（qí）：青黑色条纹的马。此处指皮帽的颜色纹理如骐的花纹。◎棘：见*P113*。◎忒（tè）：偏差，差错。◎正：长，治理、领导；一说法则、标准，即做榜样。◎是：指示代词，此、这。◎四国：四方各国，泛指四方、天下。◎榛：见*P039*。◎胡：何。“胡不万年”，即祝愿君子长寿。

雅

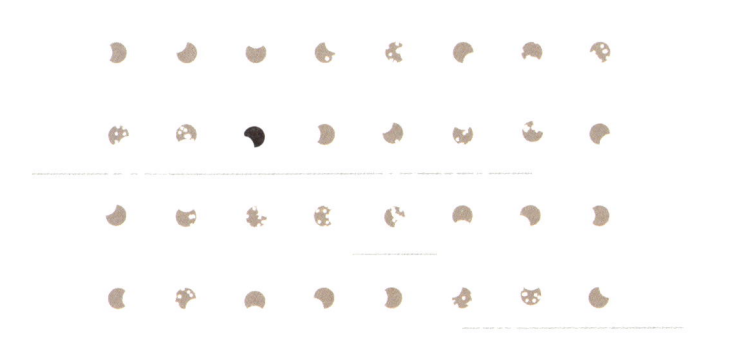

鹿鸣

小雅

呦呦鹿鸣，食野之苹。我有嘉宾，鼓瑟吹笙。
吹笙鼓簧，承筐是将。人之好我，示我周行。
呦呦鹿鸣，食野之蒿。我有嘉宾，德音孔昭。
视民不恌，君子是则是效。我有旨酒，嘉宾式燕以敖。
呦呦鹿鸣，食野之芩。我有嘉宾，鼓瑟鼓琴。
鼓瑟鼓琴，和乐且湛。我有旨酒，以燕乐嘉宾之心。

这是一首贵族宴会上所唱的歌，描写了周代的宴飨之礼，主宾之间各尽其意，其乐融融。

【注释】

◎呦呦（yōu）：鹿鸣声。◎苹：藾蒿。蒿类植物，可食用。◎嘉宾：佳客，贵客。嘉，好、善。◎承筐是将：即“承筐将是”，宾语前置。承，奉，捧上；筐，盛放馈赠之物的竹器；将，送、献。◎好（hào）：喜爱。◎示：告。◎周行：大道，引申为正道，至善之道。◎蒿：青蒿、香蒿，菊科植物。◎德音：美好的品德声誉。◎孔：很。◎昭：明，昭彰。◎视：同“示”。◎恌（tiāo）：通“佻”，轻薄、轻浮。◎是则是效：即“则是效是”，宾语前置，意为学习嘉宾、效仿嘉宾。则，法则，这里作动词，表示以此为榜样；效，效法、学习；是，指示代词，指嘉宾。◎旨：甘美。◎式：助词，无实义。◎燕：舒适；一说同“宴”，宴饮。◎以：犹“而”，表示前后顺承相接。“燕以敖”即“燕而敖”。◎敖：舒畅快乐；一说游逛、嬉游。◎芩（qín）：草名，蒿类植物。◎和乐：和谐欢乐。◎湛（dān）：喜乐。◎燕乐：安乐。

南有嘉鱼

小雅

南有嘉鱼，烝然罩罩。君子有酒，嘉宾式燕以乐。

南有嘉鱼，烝然汕汕。君子有酒，嘉宾式燕以衎。

南有樛木，甘瓠累之。君子有酒，嘉宾式燕绥之。

翩翩者鵻，烝然来思。君子有酒，嘉宾式燕又思。

这是一首有关贵族宴饮的诗，描写宾客饮酒的欢乐。

【注释】

◎南：指南方长江、汉水等河川。◎烝（zhēng）然：众多的样子。◎罩罩：鱼群游动貌。◎式：助词。◎以：而、且。◎汕汕（shàn）：群鱼游水貌。◎衎（kàn）：快乐。◎樛（jiū）木：向下弯曲的树。◎瓠（hù）：葫芦的一种。◎累（léi）：缠绕。◎绥（suí）之：绥，安；之，助词，与下章“烝然来思”“式燕又思”的“思”用法相同。◎翩翩：飞行轻快貌。◎鵻（zhuī）：鸟名，今名鹁鸪，天将雨或初晴时常在树上咕咕地叫。◎又：通“侑”，劝酒。

湛露

湛湛露斯，匪阳不晞。厌厌夜饮，不醉无归。

湛湛露斯，在彼丰草。厌厌夜饮，在宗载考。

湛湛露斯，在彼杞棘。显允君子，莫不令德。

其桐其椅，其实离离。岂弟君子，莫不令仪。

这首诗描写周天子夜宴诸侯的情景。

【注释】

◎湛湛：露水浓重貌。◎斯：语气词。◎阳：日出。◎晞（xī）：干。◎厌厌（yān）：安乐貌。◎宗：宗庙。◎载：则。◎考：成。古代宗庙落成时祭祀庙主的一种仪式。◎杞棘：枸杞和酸枣树，皆灌木，有刺，果实甘酸可食。◎显：光明。◎允：诚信。◎令德：美德。令，善。◎桐：树木名，梧桐。◎椅：树木名，山桐子，落叶乔木。桐、椅同类。◎离离：果实多而下垂貌。◎岂弟（kǎi tì）：同“恺悌”，和乐平易貌。◎令仪：美好的容止。仪，仪容、风范。

十載吳趨老衲師故交
零落各天涯勸君莫
說來時路西崑殘山
剩水奇□屋聊粉舍悵予
吳中舊居

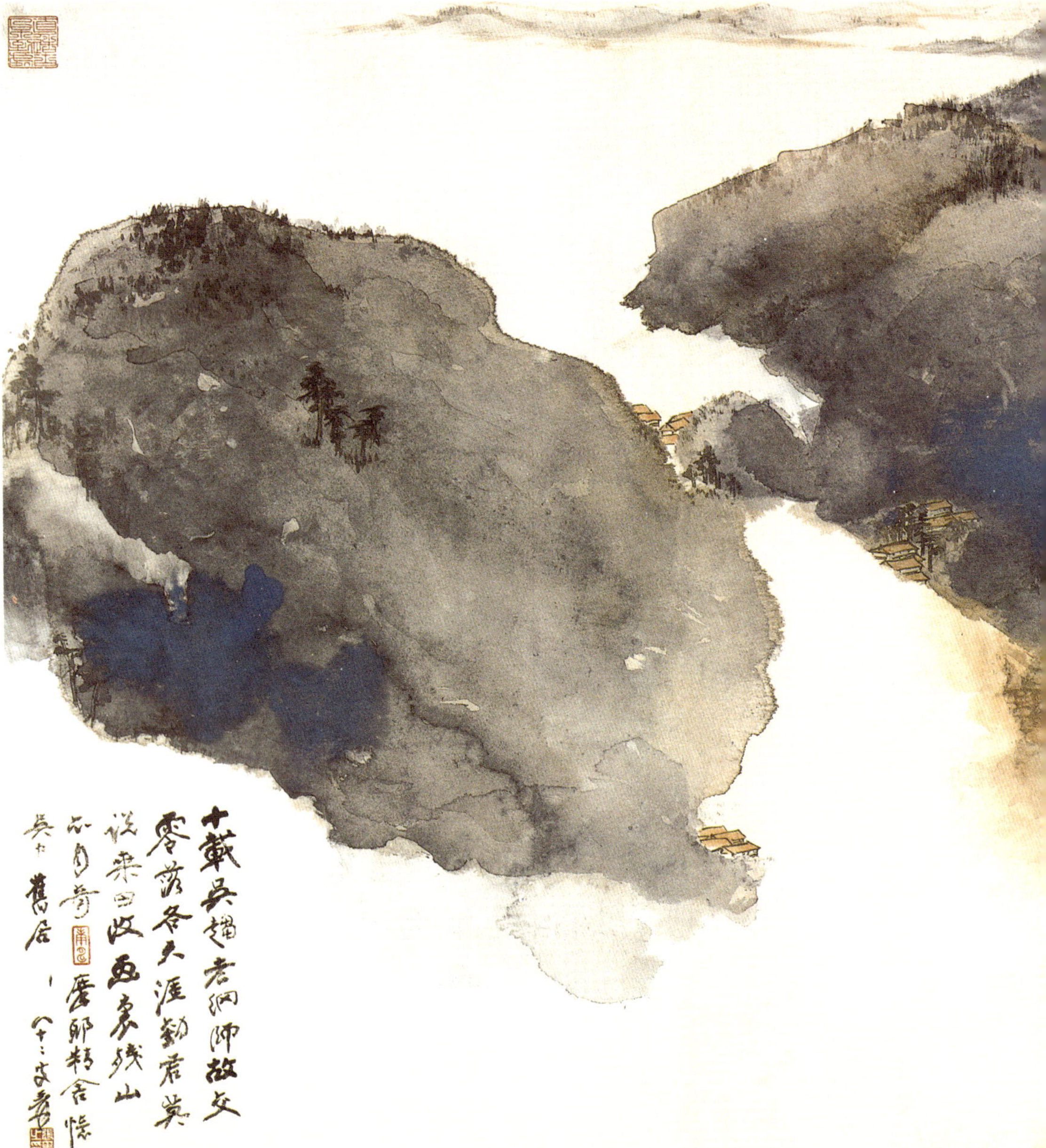

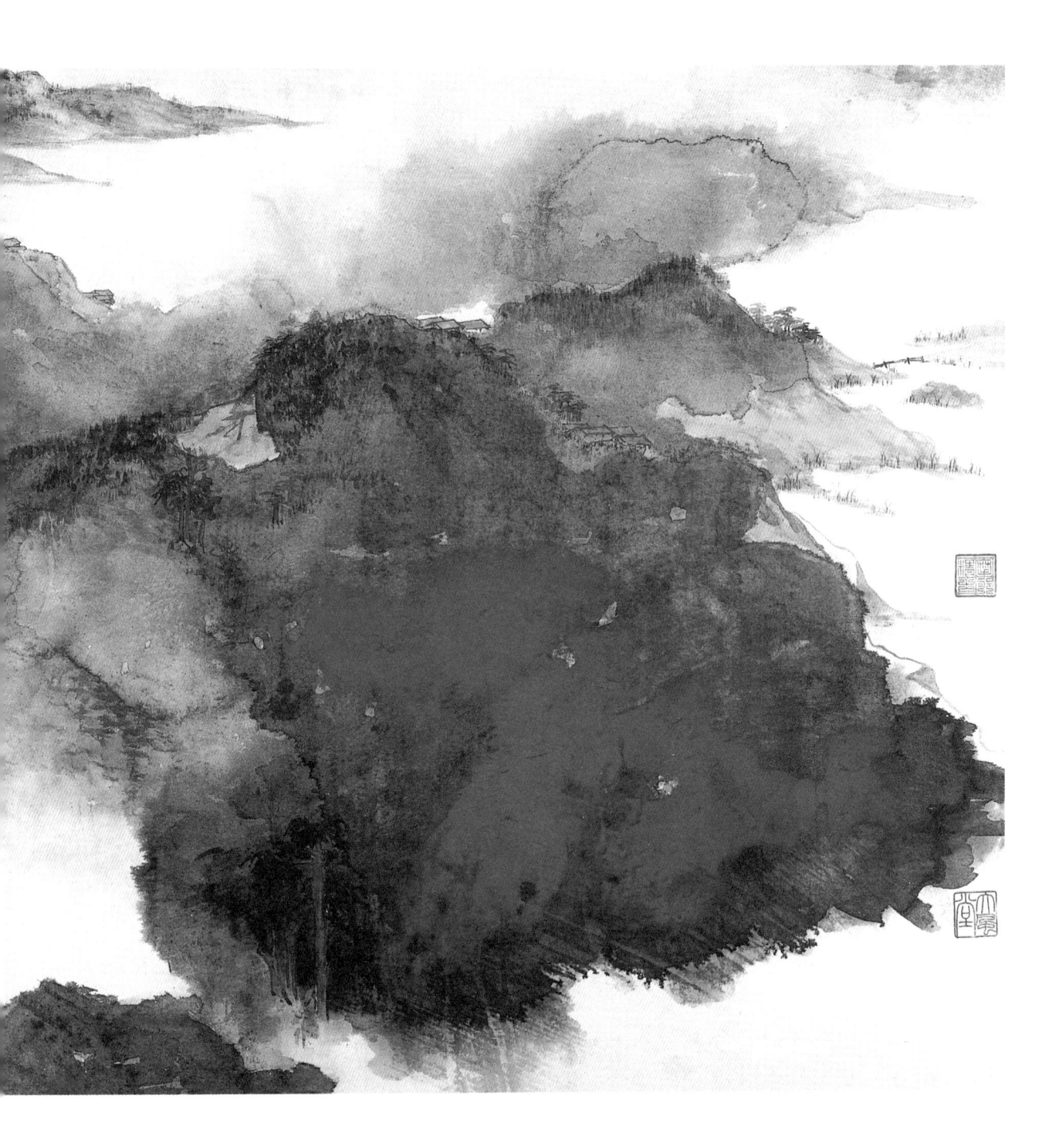

癸丑九月
爰翁

菁菁者莪

菁菁者莪，在彼中阿。既见君子，乐且有仪。

菁菁者莪，在彼中沚。既见君子，我心则喜。

菁菁者莪，在彼中陵。既见君子，锡我百朋。

泛泛杨舟，载沉载浮。既见君子，我心则休。

旧说一般认为这首诗是赞美君子能培养人才，因此“菁莪”成为育才的典故。今天不妨从诗歌的字面意思出发，那么这很可能是一首爱情诗，赞美与我相逢的君子仪态万方，赠我礼物，使我心生欢喜。

【注释】

◎菁菁（jīng）：草木茂盛貌。◎莪（é）：莪蒿，又名萝蒿。生长在水边低湿处，茎可食用。◎中阿（ē）：即“阿中”。阿，大的丘陵。◎仪：法度，榜样。“乐且有仪”意为见到君子，我心中高兴且有了效法的榜样。◎中沚（zhǐ）：即“沚中”。沚，见 *P119*。◎中陵：即“陵中”。陵，大土山。◎锡：同“赐”，赠与。◎朋：上古以贝壳为货币，五贝为一串，两串为一朋。◎泛泛：漂浮貌。◎杨舟：杨木制成的小船。◎载沉载浮：犹“或沉或浮”，谓船浮动漂流貌。◎休：喜。

鸿雁

鸿雁于飞，肃肃其羽。之子于征，劬劳于野。爰及矜人，哀此鳏寡。

鸿雁于飞，集于中泽。之子于垣，百堵皆作。虽则劬劳，其究安宅。

鸿雁于飞，哀鸣嗷嗷。维此哲人，谓我劬劳。维彼愚人，谓我宣骄。

这是流民劳作时自述悲苦的诗。流民在野外劳作，在工地筑墙，连鳏寡之人都不能幸免，因而不堪重负，发出哀叹之声。“饥者歌其食，劳者歌其事”，懂的人自然明白我的辛苦，不懂的人却认为我太过骄奢。

【注释】

◎鸿雁：大雁。◎于：助词。◎肃肃：象声词，鸟飞翔时翅膀扇动的声音。◎之子：此处指服劳役的人。◎征：远行。◎劬（qú）劳：辛勤劳苦。◎爰：发语词，无实义。◎矜人：穷苦的人。◎鳏（guān）寡：泛指无依无靠的老人。鳏，老而无妻者；寡，老而无夫者。◎集：停。◎中泽：即“泽中”。泽，水流汇聚之处。◎于垣：筑墙。于，为、做；垣，墙。◎百堵：言筑墙之多。百，虚数；堵，古代筑墙的计量名词，长、高各一丈的墙叫一堵。◎作：筑起。◎究：终究。◎安宅：安居。宅，动词，居住。◎嗷嗷：鸟哀鸣声。◎维：唯，只有。◎哲人：通情达理的人。◎宣骄：骄奢。

大千

庭燎

小雅

夜如何其？夜未央，庭燎之光。君子至止，鸾声将将。

夜如何其？夜未艾，庭燎晣晣。君子至止，鸾声哕哕。

夜如何其？夜乡晨，庭燎有辉。君子至止，言观其旂。

这是一首描写诸侯早朝于周天子的诗，相传是赞美周宣王勤于朝政。

【注释】

◎庭燎：宫廷中照明的火炬。燎，火炬。◎夜如何其（jī）：夜色是什么时候了？其，语尾助词。◎央：尽。◎君子：此处指上朝的诸侯、士大夫等人。◎至止：来到。止，助词。◎鸾：同“銮”，车铃。◎将将：见 *P079*。◎艾：尽。◎晣晣（zhé）：同“晢晢”，明亮貌。◎哕哕（huì）：鸾铃声。◎乡（xiàng）晨：近晨，天色将明。乡，也作“向”，接近。◎有辉：光明貌。有，助词。◎言：助词。◎观：看到。◎旂（qí）：画有两龙、竿顶悬铃的旗，为诸侯仪仗。

白齁觀高巖燕雁屍山成爭挽
颼颼遠自老仙家髣髴雨迎來
不著石磷峋習淨白雲飄以去
石有藍緞寬入許無影之龍吟峰
乃被紅巾金憶生上秉介

□□□□十六歲時所作
禎卿夫人清玩 張大千

鹤鸣

鹤鸣于九皋，声闻于野。鱼潜在渊，或在于渚。
乐彼之园，爰有树檀，其下维萚。它山之石，可以为错。
鹤鸣于九皋，声闻于天。鱼在于渚，或潜在渊。
乐彼之园，爰有树檀，其下维榖。它山之石，可以攻玉。

这首诗写的是招致贤才，使其能为国所用。诗中的鹤、鱼、檀木以及它山之石均比喻隐居的贤士。

【注释】

◎九皋（gāo）：曲折深远的沼泽。九，虚数，言其远，一说言其曲折处多；皋，沼泽地。◎野：郊外。此句以鹤比贤人，谓贤人虽然隐居却声名远播。◎潜：深藏。◎渊：深水。◎渚（zhǔ）：水中小洲，此处指浅水滩。渊、渚对举，比喻贤人或仕或隐、或进或退。◎爰：代词，这里、那里。◎树檀：即檀树，珍贵木材，质地坚硬。◎维：乃，是。◎萚（tuò）：通"檡"，树木名，酸枣一类的灌木。◎它山之石，可以为错：别国或异地的贤才也可为本国所用，正如它山之石也可作为砺石来打磨玉器，或雕琢加工。错，通"厝"，砺石，可用来打磨玉器。◎榖（gǔ）：树木名，即楮树。树皮可作造纸原料。◎攻玉：将玉石琢磨成器。攻，加工、雕刻。

丹江之岛與滄州相
裸多雜于
天水倚為
之勝也
辛卯年爰

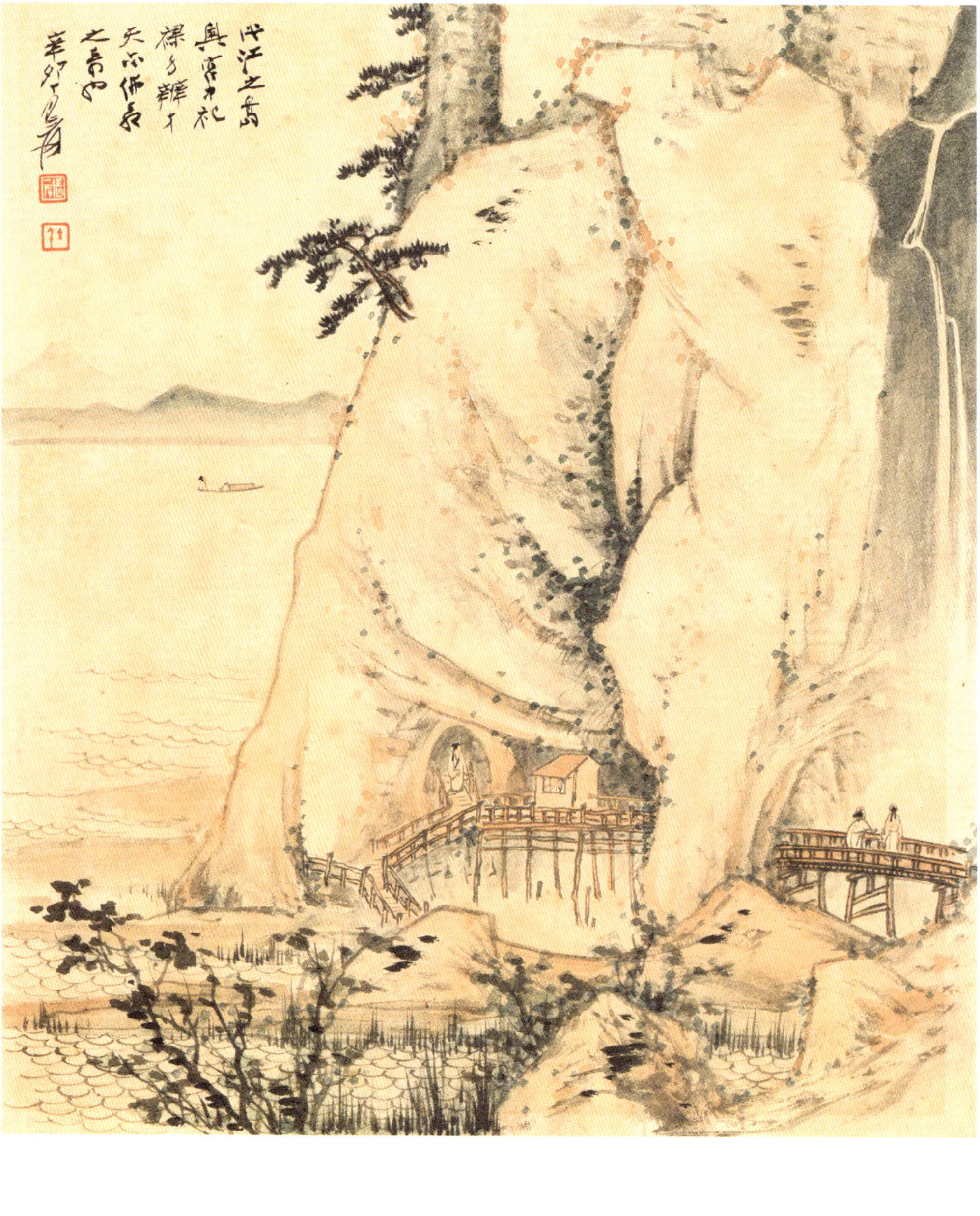

谷风

习习谷风，维风及雨。将恐将惧，维予与女。将安将乐，女转弃予。

习习谷风，维风及颓。将恐将惧，寘予于怀。将安将乐，弃予如遗。

习习谷风，维山崔嵬。无草不死，无木不萎。忘我大德，思我小怨。

这是一首弃妇自述衷情的诗。诗中的女子曾在最艰难的时刻陪伴丈夫，但丈夫只能共患难，不能共安乐，一旦处境好转就抛弃了她。

【注释】

◎谷风：来自山谷的大风；一说东风，谷通“榖”，取生长之义，谷风即生长之风，即东风。◎习习：连续的风声。◎将：方，正当。◎恐、惧：恐惧。此处指身处患难不安的处境时。◎维予与女：只有我亲近你、陪伴你。维，只有；予，我；与，相与、亲爱；女，同“汝”，你。◎转：反而。◎弃：抛弃。◎颓：自上而下的旋风。◎寘：同“置”，放置。◎怀：怀抱之中。◎遗：遗忘，丢弃。◎大德：美德、好处，指“将恐将惧，维予与女”的患难与共。◎小怨：小过错，缺点。

裳裳者华

裳裳者华，其叶湑兮。我觏之子，我心写兮。我心写兮，是以有誉处兮。

裳裳者华，芸其黄矣。我觏之子，维其有章矣。维其有章矣，是以有庆矣。

裳裳者华，或黄或白。我觏之子，乘其四骆。乘其四骆，六辔沃若。

左之左之，君子宜之。右之右之，君子有之。维其有之，是以似之。

这是周天子赞美诸侯的诗。

【注释】

◎裳裳（cháng）：犹“堂堂”，鲜明美盛貌。◎华（huā）：同“花”。◎湑（xǔ）：茂盛貌。◎觏（gòu）：遇见。◎之子：此处指前来觐见周天子的各方诸侯。◎写（xiè）：同“泻”，谓忧愁消除，心情舒畅、喜悦。◎是以：即“以是”，因此。◎有：助词，作形容词词头，下同。◎誉处：安乐相处。誉，通“豫”，安乐。◎芸其：黄盛貌。其，助词。◎黄：此处指花色黄。◎章：有文采，有才华。章，指礼服上的花纹，引申为文采、才学。◎庆：赏赐，褒美。◎骆：黑鬃黑尾的白马。◎辔（pèi）：驭马的缰绳。◎沃若：润泽貌。◎“左之”“右之”二句：指左右辅弼，是天子或诸侯的好帮手；一说“左”指朝见、祭祀之事，“右”指丧葬、军戎之事，意为君子对这两类事务均能担当和胜任。“左之”“右之”的“之”均为语气词。◎维：由于。◎似：当为“嗣”之假借，继承。

采绿

小雅

终朝采绿，不盈一匊。予发曲局，薄言归沐。

终朝采蓝，不盈一襜。五日为期，六日不詹。

之子于狩，言韔其弓。之子于钓，言纶之绳。

其钓维何？维鲂及𫚈。维鲂及𫚈，薄言观者。

这首诗描写女子思念行役的丈夫。女子因思念而无心劳作，但丈夫却未能在约定的时间回来。她沉浸在自己的想象中：如果丈夫去打猎，我就帮他装弓袋；如果丈夫去钓鱼，我就帮他整理钓线。他钓了鳊鱼和鲢鱼，鱼可真多啊！

【注释】

◎绿（lù）：通“菉”，草名，即荩草，又名王刍，汁液可作黄色染料。◎终朝：自旦至食时，即整个早晨。◎匊（jū）：同“掬”，两手合捧。一匊，即一捧。◎曲局：弯曲，指头发弯曲蓬乱。局，卷。◎薄言：助词。◎归沐：回家洗发。◎蓝：草名，即蓼蓝，可作染青蓝色的染料。◎襜（chān）：形似围裙，系在衣前，田间采集时可用以兜物。◎五日为期，六日不詹：指约定五天回家，却过期不返。五、六均是虚数，并非确指；期，约定的时间；詹，至，来到。◎狩：打猎。◎言：助词。◎韔（chàng）：弓袋，此处用作动词，指将弓装入弓袋。◎纶：钓线。此处用作动词，即整理鱼竿上的丝线。◎维何：是什么。维，是。◎鲂（fáng）：鳊鱼。◎𫚈（xù）：鲢鱼。◎观：多，指钓的鱼众多。◎者：句末语气词。

谿橋曉色
庚戌夏爰

隰桑

小雅

隰桑有阿，其叶有难。既见君子，其乐如何。

隰桑有阿，其叶有沃。既见君子，云何不乐。

隰桑有阿，其叶有幽。既见君子，德音孔胶。

心乎爱矣，遐不谓矣？中心藏之，何日忘之！

这首诗描写女子思念情人却羞于出口。桑树的繁茂、柔润，正比喻其青春年少。此时此刻见到那个人该是如何快乐，甜言蜜语，如胶似漆。然而，心中爱他，却又没有勇气亲口告诉他，哪怕已将他深深记在心里，哪怕没有一日能够忘记。

【注释】

◎隰桑：生长在低湿之处的桑树。◎阿（ē）：通“猗”，草木美盛貌。◎难（nuó）：通“那”，也写作“傩”，盛多。阿（猗）、难（那、傩）同义，可单用，也可组成联绵词，如《桧风·隰有苌楚》“猗傩其枝”，《商颂·那》“猗与那与”。◎沃：柔润貌。◎幽：通“黝”，青黑色。◎德音：即德言、善言。此处指情话。◎孔：很，非常。◎胶：一说盛；一说牢固。◎遐不：何不。◎谓：说，告诉。◎藏：通“臧”，善、爱。

瓠叶

幡幡瓠叶，采之亨之。君子有酒，酌言尝之。

有兔斯首，炮之燔之。君子有酒，酌言献之。

有兔斯首，燔之炙之。君子有酒，酌言酢之。

有兔斯首，燔之炮之。君子有酒，酌言酬之。

这是一首关于宴请宾客的诗，主人以瓠、酒、兔肉来招待客人。

【注释】

◎瓠：见 *P149*。◎幡幡（fān）：反复翻动貌。◎亨：见 *P139*。◎言：助词，下同。◎斯：助词，无实义。◎首：头、只。“有兔斯首”，即有兔一只。◎炮（páo）：将带毛的动物裹上泥放在火上烧烤。◎燔（fán）：烤，炙。◎献：主人向宾客敬酒。◎酢（zuò）：宾客以酒回敬主人。◎酬：劝酒。

颂

清庙

周颂

於穆清庙，肃雍显相。

济济多士，秉文之德。对越在天，骏奔走在庙。

不显不承，无射于人斯。

这是祭祀周文王的乐章，歌颂宗庙之盛，赞美文王之德。

【注释】

◎清庙：即太庙，古代帝王的宗庙。◎於（wū）：赞叹词。◎穆：庄严，壮美。◎肃雍：庄重、雍容的样子。◎显：高贵显赫。◎相：助，这里指助祭的人。◎济济：众多。◎多士：参与祭祀的众多官吏。◎秉文之德：秉承文王之德。◎对越在天：报答和宣扬文王的在天之灵。对越，即“对扬”，“对”指报答，“扬”指颂扬；在天，指周文王在天之灵。◎骏：敏捷、迅速。“骏奔走在庙”，意为敏捷地在宗庙中奔跑操劳。◎不（pī）：通“丕”，大。◎承：继承。◎无射（yì）：不厌。射，通“斁”，厌弃。◎斯：句末语气词。“无射于人斯”意为永远不会被人忘记。

𬳶

𬳶𬳶牡马，在坰之野。薄言𬳶者，有驈有皇，有骊有黄，以车彭彭。思无疆，思马斯臧。

𬳶𬳶牡马，在坰之野。薄言𬳶者，有骓有駓，有骍有骐，以车伾伾。思无期，思马斯才。

𬳶𬳶牡马，在坰之野。薄言𬳶者，有驒有骆，有骝有雒，以车绎绎。思无斁，思马斯作。

𬳶𬳶牡马，在坰之野。薄言𬳶者，有骃有騢，有驔有鱼，以车祛祛。思无邪，思马斯徂。

这首诗赞美鲁僖公能够重视农牧、深思远虑、振兴鲁国，同时也以马的蕃盛和种类繁多来歌颂鲁国的兴盛。

【注释】

◎𬳶𬳶（jiōng）：马高大肥壮貌。◎牡马：雄马。◎坰（jiōng）：远郊。◎驈（yù）：黑身白股的马。◎皇：即“騜”（huáng），黄白杂色的马。◎骊：纯黑色的马。◎黄：黄赤色的马。◎以车：用来驾车。◎彭彭：马强壮有力貌。◎思无疆：此处指鲁僖公深思熟虑，没有止境。◎思：句首助词，无实义。◎斯：其，那样。◎臧：见*P095*。◎骓（zhuī）：苍白杂色的马。◎駓（pī）：黄白杂色的马。◎骍（xīng）：赤色的马。◎骐：青黑相间的马。◎伾伾（pī）：有力貌。◎思无期：指考虑的时间长久，没有期限。◎才：通“材”，指所牧的马都能成材。◎驒（tuó）：青色而有鳞状斑纹的马。◎骆：白身黑鬣的马。◎骝（liú）：赤身黑鬣的马。◎雒（luò）：黑身白鬣的马。◎绎绎：跑得快的样子。◎思无斁（yì）：思虑而不厌倦。斁，厌倦。◎作：奋起，腾跃。◎骃（yīn）：浅黑间杂白色的马。◎騢（xiá）：赤白杂色的马。◎驔（diàn）：黑身黄脊的马。◎鱼：眼眶有两圈白毛的马。◎祛祛（qū）：强健貌。◎思无邪：思虑没有邪曲。◎徂（cú）：行。

索引

002《秋风丽人图》
尺寸不详 1933 年

004《巫峡图》
32.5cm×21cm 1930 年

006《秋海棠》
45.2cm×52.8cm 1976 年

008《萱草蝴蝶》
45cm×88cm 1981 年

010《枫林之下独徘徊》
32cm×20.5cm 年代不详

012《蓬莱图》
76cm×48cm 1947 年

014《山水》
27.5cm×35.5cm 年代不详

016《山水》
尺寸不详 年代不详

018《暮染霜林图》
尺寸不详 1946 年

020《晚山看云图》
111cm×51cm 1946 年

022《千山渴雨图》
尺寸不详 1961 年

024《金碧山水》
102.5cm×48.5cm 1946 年

026《观泉图》
134cm×68cm 1963 年

028《重溪叠嶂》
116cm×56cm 1949 年

030《青绿山水》
81cm×41cm 1940 年

032《青绿山水》
尺寸不详 年代不详

034《巨然仿阎立本西岭春云》
150.2cm×80.5cm 1945 年

036《泼彩山水图》
60.3cm×95.9cm 1965 年

038《千山渴雨图》
尺寸不详 1943 年

040《溪桥行舟图》
尺寸不详 1943 年

042《山水》
132.2cm×71.4cm 1946 年

044《泛舟图》
32.5cm×21cm 1930 年

046《柳岸觅句图》
尺寸不详 年份不详

048《青绿山水》
96cm×43cm 1939 年

050《出水芙蓉》
60.5cm×84cm 1978 年

052《五亭湖一角》
90cm×58.5cm 1966 年

054《秋山图》
68.7cm×130.4cm 1983 年

056《益都游》
96cm×60.4cm 1966 年

058《泼墨山水》
40cm×60cm 1979 年

060《白莲》
38cm×46cm 年代不详

062《泼彩山水》
51cm×61cm 年代不详

064《仕女》
尺寸不详 1940 年

066《双桥清音图》
尺寸不详 1940 年

068《水竹幽居图》
37cm×45cm 年代不详

070《秋林觅句图》
114cm×67cm 1947 年

072《湖山隐居》
77.5cm×185.6cm 1978 年

074《策杖聆泉鸣》
81cm×37cm 1940 年

076《松云晓霭》
尺寸不详 年代不详

078《谷口人家》
88cm×178cm 1979 年

080《黄山》
112cm×56cm 1933 年

082《独往秋山》
64.5cm×49.5cm 年代不详

084《溪山烟霭》
73cm×50cm 1967 年

086《谷口人家》
85cm×176cm 1980 年

088《清溪放棹》
32cm×58cm 20 世纪 70 年代

090《溪山过雨》
44cm×52cm 1979 年

092《荷塘清韵图》
100cm×48cm 1948年

094《荷花世界梦俱香》
50cm×91cm 1979年

096《泼彩钩金红莲》
68.5cm×135cm 1981年

098《春郊雨后》
51.6cm×44.3cm 1979年

100《归帆图》
25.5cm×23cm 1953年

102《雁荡大龙湫》
173cm×78cm 年代不详

104《青山探幽图》
124cm×61.5cm 1941年

106《松下高士图》
尺寸不详 1952年

108《泛舟图》
25.5cm×22.5cm 年代不详

110《荷花》
129cm×34cm 1965年

112《溪流交响》
104cm×46cm 1969年

114《爱痕湖》
76.2cm×264.2cm 1968年

116《溪山策杖图》
97cm×61cm 1963年

118《悠游泛舟图》
52.7cm×40.3cm 1965年

120《晴麓横云》
49.2cm×96cm 1980年

122《泼墨山水》
31.2cm×40.5cm 年代不详

124《夏山图》
51cm×67cm 1969年

126《谷口人家》
55.2cm×78.5cm 1976年

128《巫峡清秋》
87cm×48cm 1936年

130《金碧山水》
50cm×98cm 年代不详

132《庐山图》(局部)
178.5cm×994.6cm 1981~1983年

134《山水清赏》
45.5cm×53cm 1972年

136《冷香飞上诗句》
尺寸不详 1979年

138《泼墨山水》
36cm×42cm 20世纪70年代

140《幽林浮岚》
48cm×67cm 1969年

142《岭上人家》
尺寸不详 1972年

146《烟雨姑苏》
39.5cm×78.5cm 1972年

148《岁寒三高图》
90.5cm×173cm 1966年

150《云雨巫山》
70.5cm×127cm 20世纪60年代

152《泼彩山水》
尺寸不详 1980年

154《云山幽居图》
尺寸不详 1973年

156《山水》
23.5cm×36cm 20世纪30年代

158《泼彩山水》
24.2cm×26.8cm 年代不详

160《罗浮白鹤观》
137.5cm×69.5cm 1979年

162《江之岛》
26.5cm×24cm 1951年

164《洞天山堂》
68cm×96.5cm 1967年

166《悬泉》
尺寸不详 1973年

168《溪桥晚色》
66cm×165cm 1970年

170《春山晓色》
68.2cm×125.8cm 1970年

172《长江万里图》(局部)
50cm×2000cm 1968年

176《松峰晓霭图》
186.5cm×95.5cm 1969年

178《幽谷图》
尺寸不详 1970年

180《爱痕湖》
67.8cm×188.8cm 1966年

图书在版编目（CIP）数据

诗经选：张大千插图珍藏版 / 张大千绘；周梦烨注. —北京：北京联合出版公司, 2017.11（2022.7重印）

ISBN 978-7-5596-0943-4

Ⅰ. ①诗… Ⅱ. ①张… ②周… Ⅲ. ①古体诗－诗集－中国－春秋时代 Ⅳ. ①I222.2

中国版本图书馆CIP数据核字(2017)第219142号

诗经选：张大千插图珍藏版

插　　画：张大千
注　　者：周梦烨
艺术顾问：曹公度
策　　划：北京地理全景知识产权管理有限责任公司
策划编辑：董佳佳
责任编辑：崔保华
特约编辑：樊广灏
图片编辑：贾亦真
营销编辑：张林林
装帧设计：何　睦
制　　版：北京书情文化发展有限公司

北京联合出版公司出版
（北京市西城区德外大街83号楼9层　100088）
北京联合天畅发行公司发行
北京华联印刷有限公司印刷　新华书店经销
字数：80千字　787毫米×620毫米　1/12　印张：16
2017年11月第1版　2022年7月第10次印刷
ISBN 978-7-5596-0943-4
定价：88.00元

ISBN 978-7-5596-0943-4
9 787559 609434 >

定价：88.00 元